著作权合同登记号：图字 01-2021-5188

《Fate／Zero(3)王たちの狂宴》

图书在版编目（CIP）数据

命运零点. 3 / (日) 虚渊玄著；刘正仑译. —— 北京：人民文学出版社，2017（2021.10 重印）
ISBN 978-7-02-013403-8

Ⅰ. ①命… Ⅱ. ①虚… ②刘… Ⅲ. ①长篇小说 – 日本 – 现代 Ⅳ. ①I313.45

中国版本图书馆CIP数据核字(2017)第243773号

责任编辑　朱卫净　李　殷
装帧设计　汪佳诗

出版发行　人民文学出版社
社　　址　北京市朝内大街166号
邮政编码　100705

印　　制　凸版艺彩（东莞）印刷有限公司
经　　销　全国新华书店等

字　　数　110千字
开　　本　890毫米×1240毫米　1/32
印　　张　6.5
版　　次　2018年1月北京第1版
印　　次　2021年10月第6次印刷

书　　号　978-7-02-013403-8
定　　价　45.00元

如有印装质量问题，请与本社图书销售中心调换。电话：010-65233595

In the battleground, there is no place for hope. What lies there is just cold despair and a sin called victory, built on the pain of the defeated.

The world as is, the human nature as always, it is impossible to eliminate the battles. In the end, killing is necessary evil—and if so, it is best to end them in the best efficiency and at the least cost, least time. Call it not foul nor nasty. Justice cannot save the world. It is useless.

卫宫切嗣
艾因兹柏恩家雇佣的"魔术师杀手"

言峰绮礼
猎杀异端的圣堂教会代行者

远坂时臣
以到达"根源"为毕生夙愿的魔术师名门远坂家的现任家主

间桐雁夜
放弃家主继承权而逃离间桐家的男人

爱莉斯菲尔·冯·艾因兹柏恩（Irisviel von Einzbern）
艾因兹柏恩家炼制的人造人，卫宫切嗣的发妻

伊莉雅斯菲尔·冯·艾因兹柏恩（Illyasviel von Einzbern）
卫宫切嗣与爱莉斯菲尔的女儿

韦伯·菲尔维特（Waver Velvet）
隶属于"时钟塔"的实习魔术师，为夺取导师的圣遗物挑战圣杯战争

肯尼斯·艾梅罗伊·亚奇波特（Kayneth El-Melloi Archibald）
隶属于"时钟塔"的精英魔术师，韦伯的导师

雨生龙之介
个性纯真的享乐杀人魔

Saber
骑士王。真实身分是亚瑟·潘德拉贡（Arthur Pendragon）

Archer
英雄王。人类史上最古老的英灵吉尔伽美什（Gilgamesh）在现实世界降临的形体

Rider
征服王。在古代世界独霸一方，古代马其顿王国的伊斯坎达尔王（Iskandar），期望能亲眼看到"世界尽头之海"（*Okeanos*）

Assassin
传说中暗杀者的始祖，山中老人哈桑·萨巴哈（Hassan Saggah）的英灵

Caster
自称为"蓝胡子"的英灵，真实身分是英法百年战争中的法国元帅——神圣恶魔吉尔斯·德·莱斯（Gilles de Rais）伯爵。

Lancer
凯尔特神话（Celtic mythology）的英灵迪卢木多·奥迪那（Diarmuid Ua Duibhne），枪法精妙绝伦的顶尖武者。

Berserker
"狂暴化"的神秘英灵。

ACT.6
6

ACT.7
58

ACT.8
102

ACT.6

冬木市市区向西直线距离三十多公里处。

一条国道东西纵横划过远离人居之地的山区。道路两边是一片青葱翠绿的茂密森林，仿佛被排山倒海而来的住宅地开发热潮所遗忘。

这块地区有许多神秘谜团。乍看之下是国有土地的这里实际上是私有地，属于一个只有名号而不确定是否真实存在的外资企业。真要去收集关于这块土地的情报，能打听到的只是一些奇怪的都市传说。

传闻中在这座深邃森林的最深处，有一座"梦幻之城"。

这当然只是一个稀松平常的鬼故事。虽然尚未开发，可如果在距离市区开车不需一小时就能到达的地方有这种奇怪建筑物的话，怎么可能不形成话题。事实上，为了丈量这一带的土地，过去进行过几次航拍，从来没有在这片原始森林中拍摄到人工建筑物。

可是每隔数年，这个传闻就会突然又被想起来似的，在人群之间口耳相传。

在踏入森林冒险的小孩子或是迷路的郊游者面前，会有一座壮丽的古老石造城堡蓦然出现在浓雾当中。传说那座城堡十分不可思议，明明像是废墟般空无一人，却整理得干干净净，一尘不染，完全不像是无人居住的样子。

当然没有人会把这个传闻当真，顶多有一些没有题材可写的三流杂志会在夏天时拿来应应景，刊登在灵异特集中的一页而已。

知道这座城堡真实存在的人，只有极为少数的魔术师。

这是一座每隔六十年就会迎接主人到来，成为战时根据地的**妖异之城**。

这座城堡是一片受到幻觉和魔术结界层层保护的异度空间，除了极偶然的状况，绝对不可能被外界发现。知道这座城堡真实来历的人都将这片深邃的森林称为"艾因兹柏恩森林"。

当圣杯战争在冬木之地开始的时候，艾因兹柏恩家之首约布斯塔海特不屑在竞争对手远坂家的直属领地上设置据点，便诉诸财力将距离冬木最近的灵地整块买下来，当作艾因兹柏恩的根据地。时值第三次圣杯战争的前一夜，人世间正面临第二次世界大战到来，是一个充满紧张氛围的时代。

传说艾因兹柏恩家将整片原始森林当做结界，把一座副城整个从艾因兹柏恩改建到那里。由此可以窥见他们家族惊人的财力和执着。而最让人感到讽刺的是，购买土地时的中介或是在当地的隐蔽工作都是由远坂家在奔波劳碌。

× × × × × × ×

沉闷的气氛不知道让爱莉斯菲尔叹了几口气。

"觉得累了吗？爱莉。"

切嗣问道。爱莉斯菲尔立刻收起忧郁的表情，微笑着摇摇头。

"没关系，没什么事。继续吧。"

听她催促，切嗣继续解说起关于冬木市的诸多情报消息。一张范围遍及冬木市全区的地图摊开摆在面前的桌子上。

"地脉的中心有两处。一个是第二管理者远坂家的宅邸；还有一个不用说，就是圆藏山。这一带周边的灵脉都汇聚在这座山，详细状况就如亚哈特老人所说的那样——"

会议场所选在一间会客厅。众位女侍比爱莉斯菲尔等人先到达这座城堡，细心整理准备之后才离去，因此这间会客厅布置得十分完善。从桌布到茶杯，样样事物一尘不染，花瓶中插着鲜艳娇美的花朵。任谁都想不到这个房间是位于一座六十年来从未有人居住过的城堡内。

要说一点都不觉得疲劳的话那是骗人的，但爱莉斯菲尔至少已经上床休息过了。相对的，切嗣可能连眼睛都还没阖过。切嗣与他的徒弟久宇舞弥大约在正午时分到达城堡，可那之后马上受到了冬木教会的召集，操作使魔检视监督者的通知事项等等，接二连三处理了好几件杂事。听说他昨晚在仓库街的战斗过后又袭击Lancer的召主艾梅罗伊爵士，甚至还与言峰绮礼上演了一场遭遇战。切嗣这么忙碌都丝毫不显疲态，爱莉斯菲尔当然不能示弱。

她叹气是因为其他原因。

"圆藏山以山顶上的柳洞寺为中心，设有一道强力的结界。因为那道结界的关系，像从灵这种不属于自然灵的灵体只能由参道进入，使用Saber的时候要多加注意。"

如果是关于Saber的注意事项，直接对Saber说就好了。切嗣还是老样子，对爱莉斯菲尔身后的男装少女看都不看一眼。

气氛之所以这么沉重有两个原因，其中一个就是切嗣这种彻底拒绝 Saber 的顽固态度。虽然不是今天才开始的，但爱莉斯菲尔觉得现在切嗣表现得比在艾因兹柏恩城的时候更加露骨了。

"另外，虽然比不上这两个地方，在新都另外有两处地脉集中的重要地点。那就是南边山丘上的冬木教会，还有都市区东边的新兴住宅地。因此在冬木市内总共有四个地点具备能让圣杯降灵的灵格。"

"也就是说在战争后期，从灵人数愈来愈少的话，就要事先占据这四个地方的其中一处做为据点是吗？"

"没错。地理状况大致就是这样，有什么问题吗？"

"Saber，你有什么不了解的地方吗？"

爱莉斯菲尔机灵地把切嗣的注意力带到 Saber 身上，少女从灵微微一笑，摇头说道："我没有什么特别要问的，切嗣已经说得够仔细了。"

本人可能没有这个意思，但在旁人听起来她这句回答实在是充满讽刺的语气。

爱莉斯菲尔叹了一口气，继续说道："还有关于今后的方针……切嗣，现在其他召主是不是都把目标放在 Caster 身上了？"

"应该是，监督者提出的报酬的确很优渥。"

刚才切嗣已经亲口向两人说明监督者在冬木教会告知的规则变更。爱莉斯菲尔与 Saber 在昨天晚上已经和 Caster 有过接触，对她们来说这个消息等于证实了那个从灵的狂态就是他真正的本性。

"关于 Caster，我们拥有其他人没有的优势。现在应该只有我们知道他的真名——真是的，没想到竟然是吉尔斯·德·莱斯伯爵。"

切嗣的嘴角一歪，露出自嘲的笑意，继续说道："不但如此，不知道他发什么疯，竟然把 Saber 当成了贞德缠着不放。这样正好，我们不用追着他跑，只要守株待兔就行了。"

"召主，这样做还不够。"

以一抹清澈嘹亮的嗓音提出反驳的人，就是在此之前一直被切嗣无视的 Saber。

"如果什么事都不做，光等着那个 Caster 上门的话，只会害无辜牺牲的人命继续增加。那家伙的恶行天理难容，在情况恶化之前，我们应该主动出击。"

Saber 可能希望这番心意诚恳的话能够突破切嗣心中的隔阂。可这只是无谓的期望。切嗣一点反应都没有，好像完全没有听见 Saber 的声音，继续说道："爱莉，你已经掌握这座森林的结界术式了吗？"

"……嗯，没问题。我没发现结界有什么破绽，警报和巡逻机能也都很正常……"

爱莉斯菲尔一边回答切嗣的问题，一边忍不住偷瞄自己身后 Saber 的表情。

Saber 紧抿着嘴唇，直直盯着切嗣，表情比刚才还要凝重。如果只是被忽视不理的话，她尚且还能忍耐，但是切嗣放任 Caster 不管的做法让她义愤填膺，难以接受。

切嗣当然对 Saber 充满愤怒的凝视还是不当一回事。

"这次我本来不打算使用这座城堡的，不过现在情况改变了。把 Caster 引过来之前，我们就守在城里。"

"……切嗣，对付 Lancer 不是我们更重要的课题吗？"

爱莉斯菲尔代替被忽略的 Saber 表达异议。

"你杀死艾梅罗伊爵士之后已经过了十八小时，可是 Saber 的左手还是没有复原。既然那杆枪的诅咒没有消失，就代表 Lancer 应该还存在。如果是具有单独行动技能的 Archer 也就罢了，枪兵的从灵没有召主的话不可能在现世留存这么久啊。"

切嗣很干脆地点头同意妻子的意见。

"你说的没错。可能 Lancer 又和新的召主订下契约，或者是我没有成功杀掉肯尼斯……那个时候因为有人碍事，所以没有确认他的尸体。"

"既然这样，为了能够在万全的状况下迎击 Caster，我们是不是应该先打倒 Lancer？"

爱莉斯菲尔进一步提议，切嗣却摇摇头。

"就算 Caster 出现，我们也不需要和他正面交锋。你只要尽量活用地利让 Saber 四处逃避，扰乱敌人就可以了。"

两人闻言都瞪大了双眼。爱莉斯菲尔是因为惊讶，Saber 则是怒极攻心。

"……不让 Saber 和 Caster 交战吗？"

"其他召主都想要 Caster 的命。就算放着不管也会有人收拾他，根本不用我们自己动手。反而是那些拼了命追杀 Caster 的家伙才是我们最佳的猎物。只要 Caster 动身来找 Saber，一定会有一两个召主跟着他追进这座森林，我要从侧面袭击这些人。那些满脑子只想着要捕杀 Caster 的人一定没想到会变成别人的猎物。"

这种想法的确很符合卫宫切嗣的个性。在他的眼中没有人道伦常，也没有身为魔术师的义务。只有依据弱肉强食的方程式所计算出来的如同猎杀机器般的战术。

　　爱莉斯菲尔现在终于了解，为什么原本不来这座据点城堡的切嗣会突然改变心意，过来与自己和 Saber 会合。

　　"召主，你这种人……究竟可以卑鄙无耻到什么地步？"

　　Saber 大声怒斥的模样刺痛了爱莉斯菲尔的心。此时 Saber 表现出的愤怒和昨天晚上她受到 Rider 的嘲弄或是听到 Caster 疯言疯语时所显露出的怒气不同——某种意义上来说，这是更加深切的愤怒。

　　"卫宫切嗣，你这是在侮辱英灵。我被召唤来是为了代替你们流血。为了在争夺圣杯时不需要多流不必要的血，为了让牺牲减少到最小程度，以一人之力代替千军万马，背负命运一决胜负……这就是我们从灵的存在意义。可是你为什么不愿意把战斗交给我？昨天晚上袭击 Lancer 召主的做法也是一样，要是出了什么差错，早就演变成无可挽救的惨剧。就算不用那种手段，Lancer 也已经约定要和我再战一场了！还是说切嗣，你不相信你自己的从灵、不相信我吗？"

　　切嗣没有回答。Saber 这一番激动的话语对他来说好像不痛不痒，只是冷冷地沉默不语。毫无表情的样子就像戴了一张面具一样，让爱莉斯菲尔深深感到厌恶。

　　她所熟悉的丈夫不会露出这种表情。

　　爱莉斯菲尔的确了解卫宫切嗣这个人的两面性，也早就知道切嗣一方面虽然全心全意把爱投注在妻女身上，另一方面心中却忘不了过去的伤痛。她曾经听说过切嗣在进入艾因兹柏恩之前过的是什么样的生活，可是那竟然会让她与丈夫之间产生这么大的隔阂吗？

更让她意识到这一点的，就是刚才在会议中不发一语，把一切都交给切嗣处理的黑衣女性。这个人是另一个让爱莉斯菲尔感到忧郁的原因。

爱莉斯菲尔和久宇舞弥不是第一次见面。为了和切嗣接触，舞弥曾经几次造访艾因兹柏恩城。在切嗣退隐度日的九年时间当中，也是她担任切嗣的代理人在外界工作。

早在切嗣和爱莉斯菲尔相遇之前，这位女性就和他一起共事。在这个会议上，她对切嗣的言行丝毫不为所动，始终保持沉默。对她来说，现在的切嗣恐怕才是原本的——她最熟悉的卫宫切嗣吧。

一股轻微却刺鼻的残余气味钻进爱莉斯菲尔的鼻腔，那是香烟的气味。她还记得和切嗣初次见面的时候，自己非常讨厌这种沾满他浑身上下的味道。

自从两人结为连理之后，已经许久没有闻到的味道现在又从切嗣身上传出来。这会不会也代表着硝烟的气息呢？

现在的切嗣无疑就是九年前的他。那头只为了获得圣杯而被亚哈特老人收揽的冷酷无情的猎犬。

而那时候的爱莉斯菲尔只是一具被设计出来担任圣杯守护者的人偶而已。切嗣心中的时间倒流仿佛让她自己的时间也跟着倒转回去——两人一起度过的九年时光好像全部被人抹去一般，让她心中有些惶惶不安。

她心想，现在与卫宫切嗣这名男子最亲近的人会不会不是身为妻子的自己，而是久宇舞弥……

爱莉斯菲尔没有把盘踞在内心的念头化为言语，而是问了一个完全无关的问题："……监督者提出的新规则怎么办呢？除了

Caster 之外，我们应该要和其他召主休战不是吗？"

"无所谓。监督者只有提示报酬，没有设定惩罚。就算他要找麻烦，我们只要装傻到底就好了。"

和 Saber 发言的时候不同，切嗣立刻回答了爱莉斯菲尔所问的问题。

"而且我觉得这次的监督者不能信任。因为他藏匿 Assassin 的召主，还装出一副什么都不知道的样子，说不定他和远坂也有挂钩。没摸清他的底细之前，最好对他抱持怀疑的态度。"

"……"

Saber 气得浑身发抖，爱莉斯菲尔则是深陷在复杂的思绪当中，两个人都无话可说，沉默不语。切嗣似乎把这段停顿当成会议结束。

"那就解散吧。我和爱莉暂时留在这座城里为 Caster 的袭击做准备。舞弥就回到街上收集情报，有异状的话向我报告。"

"我知道了。"

舞弥毫不迟疑地点头说道，起身走出会客厅。切嗣跟着站起来，收起桌上的地图与资料之后也离开了。直到最后，他的眼神都没有和 Saber 对上。

被彻底漠视的 Saber 愤怒地紧紧咬住牙根，一直瞪着脚下的绒毯。与她一起留在会客厅的爱莉斯菲尔根本不晓得该说什么才能缓和气氛。

身为尊贵的骑士王，Saber 一定不希望别人拿些肤浅的场面话安慰她。现在最需要的是更加根本的解决方法。想到这一点，爱莉斯菲尔轻轻把手放在 Saber 的肩头，表达自己的安慰之意后，马上跟着切嗣走出会客厅。

切嗣如此刻意排斥 Saber——不可能单纯因为两人之间的默契不佳，如果没有相当程度的厌恶或是怒意等负面情绪的话绝不会做到这种程度。不论如何，实在太过分了。不管两人之间的原则再怎么迥异，大家毕竟是追求胜利的伙伴。爱莉斯菲尔不要求切嗣尊重 Saber，但至少不要再侮辱她。

她很快便发现切嗣的身影。切嗣走到了望城堡前院的阳台，靠着扶手眺望夜色下的森林。幸好舞弥不在附近。

"……切嗣。"

爱莉斯菲尔发现自己的语气不自觉变得严肃起来，但还是走近丈夫背后开口叫唤。切嗣应该已经察觉到气息了吧，他不疾不徐地转过身来。

爱莉斯菲尔已经做好心理准备面对刚才在会客厅时看到的那冷漠而不带有一丝情感的眼神。因此当她一看到切嗣回过头的表情时，呆立在原地，不知道如何是好。那走投无路的表情就像是一个受伤而惊恐不已的孩子，好像马上就会放声大哭起来。站在那里的根本不是技术高超的魔术师杀手，而是一名弱小又胆怯的男人。

"切嗣，你——"

切嗣二话不说，紧紧抱住不知所措的爱莉斯菲尔。他的胸膛在发抖，原本丈夫那双强而有力，值得依靠的手腕现在就像是紧抓住慈母的孩童一样无力。

"如果我——"

切嗣双臂抱得爱莉斯菲尔生疼，嘶哑虚弱的声音在她耳边问道："如果我现在决定抛弃所有的一切逃跑——爱莉，你愿意和我一起走吗？"

这恐怕是爱莉斯菲尔所能想象到，卫宫切嗣最不可能说出口的问题了。爱莉斯菲尔讶异地愣了一愣，然后勉强开口回问道："伊莉雅……在城里的那孩子要怎么办？"

"我会回去把她带出来，有谁碍事就杀。"

切嗣回答道。语气非常急迫、简短而坚决。毫无疑问，他说的是真的。

"接下来的日子……我会把我所有的一切都投注在我们自己身上。我愿意用我所有的生命，只用来保护你还有伊莉雅……"

"……"

此时爱莉斯菲尔终于明白眼前的男人已经被逼到了什么地步。面对此生最大的战斗，她的伴侣正面临着前所未有的身心极限。

他不是九年前的切嗣，不是那个如同猎犬般敏锐，如同子弹刀刃般无情锐利，将自己锻炼到极限的杀人机器。

切嗣已经改变太多了，变得脆弱而叫人担心，而爱莉斯菲尔知道是什么原因改变了他。

那就是妻女。原本绝对不可能混进卫宫切嗣人生之中的杂质。

卫宫切嗣没有什么东西可以失去，就连感受痛苦的心都已经不存在了，所以他才能那么坚强。就是因为有这份坚强，他才能成为如此激进的战士，为了追求拯救世界这个遥不可及的梦想，果断地舍弃与牺牲。

现在切嗣需要做的事是让自己回到过去。但是倒转时光让切嗣的灵魂发出哀号，九年的变化太过深刻，切嗣要装出九年前的冷酷已经非常勉强。

切嗣对 Saber 的抗拒正显露出他的软弱。现在的他光是要维持自我就已经使尽全力，根本没有余力接纳 Saber，也无心思考如何协调与骑士王之间的关系。

爱莉斯菲尔感到胸口一紧，心爱的男人遭受这样的痛苦，自己却无法解救。因为折磨切嗣的不是别人，正是他自己。

现在她所能做的事，就只有一句话——开口问一个毫无意义的问题。

"我们逃得了吗？"

"逃得了，现在离开的话还来得及。"

切嗣立刻回答。可是这句话不是出自既有的坚信，只是为了强迫自己相信一个无比渺茫的希望，才化为语言说出口而已。

"——你骗人。"

所以爱莉斯菲尔反驳了他，温柔却又残酷地否定他。

"这句话是骗人的。卫宫切嗣，你绝对逃不了。你不会原谅舍弃圣杯的自己、无力拯救世界的自己。你一定会成为最初也是最后的制裁者，杀死卫宫切嗣。"

切嗣发出无声的呜咽。他自己也很清楚，知道早就已经没有别的选择了。

"我很害怕……"

在呜咽声当中，切嗣如同孩子般表白。

"那家伙——言峰绮礼正冲着我来。我已经听舞弥说了，他监视肯尼斯，把肯尼斯当成诱饵引我上钩。他早就看穿我的行动……我可能会输。我为了战斗牺牲掉你，还扔下了伊莉雅，但是……最危险的人，那个我万万不想遇上的人却把我当成目标！"

卫宫切嗣是个杀手，他既不是英雄也不是勇士。他没有什么勇气与骄傲，是一个不敢与敌人赌上五五分生死几率竞争的懦夫。因此他做事谨慎，只求在最低的风险下赢得胜利与生命。对猎人来说，最大的噩梦就是成为被追捕的猎物。

如果是过去的切嗣，就算自己面临困境也不会惊慌，他一定会冷静地努力寻找出最完美的解决方法。这是因为他不用害怕"丧失至爱"，所以才能这么坚强。对如今再次踏上战场的切嗣来说，失去了这份坚强很有可能成为他致命的弱点。

"我不会让你一个人孤军战斗。"

爱莉斯菲尔伸手环抱丈夫颤抖的背，轻轻地对他说道："我会保护你，Saber 会保护你。还有……舞弥小姐。"

她不得不承认现在切嗣最需要的女性是谁。

只有一个人能够让他的心找回过往的强韧，找回那足以封锁所有痛苦以及恐惧的冷峻。那是爱莉斯菲尔绝对办不到的事。

如果有什么事情是她能够做到的，那就是至少抱着切嗣安慰安慰他。但是——爱莉斯菲尔还是忍不住诚心祈求。

就算帮不上他的忙也无所谓，希望上天能够多赐予她一点时间，让她能够像现在这样抚慰切嗣，只多一分一秒也好。

在她许下这样殷切期望的同时，愿望也化作虚幻的泡影。

胸口一阵突如其来的悸动让爱莉斯菲尔全身紧绷。她才刚刚掌握不久的森林结界术式在她的魔术回路中反复发出强烈的鼓动。

这是警报。

"这么快就来了吗？"

丈夫在耳边的低语声出乎意料地冷静，他已经重拾爱莉斯菲尔最陌生的漠然与冷淡。

切嗣只是看见妻子脸上的表情就察觉事态有异了。爱莉斯菲尔无言地点点头，放开丈夫的身子。在她面前的脸孔又是那个冷酷而细心的"魔术师杀手"。

"幸好舞弥还没出发，现在我们可以倾尽全力迎击——爱莉，快去准备远望水晶球。"

"好。"

战斗的腥风比预料中还要更早地吹进这座森林里。

×　　×　×　　×　×　×　　×　×

"找到了。"

艾因兹柏恩阵营众人再度在会客厅中集合——在切嗣、舞弥以及 Saber 三个人的面前，爱莉斯菲尔将结界捕捉到的入侵者影像投影在水晶球上。

诡异的黑色长袍舞动，染在长袍上的红色图纹仿佛吸了鲜血一般，交映在枝叶林间。

"他就是那个 Caster 吗？"

第一次看见 Caster 的切嗣问道，爱莉斯菲尔点头回应。出现在水晶球中的正是昨晚挡在 Saber 与她两人之前的英灵吉尔斯·德·莱斯伯爵。

"可是……他到底想做什么？"

让爱莉斯菲尔感到讶异的是 Caster 带了好几个人在身边。

"蓝胡子"并不是孤身一人。他带了大约十多名同伴在森林里前进。那些人都是年纪幼小的孩童，最年长的大概也只是小学生。所有人都像梦游病患者一样踩着虚浮的步伐，摇摇摆摆地跟在 Caster 身后，他们显然受到魔术控制。

那些孩子肯定就是监督者在通知事项里所提到的从冬木市附近绑架来的孩童。

"爱莉，他的位置在哪里？"

"城堡东北方两公里多一点，目前似乎还没有要继续深入森林的样子。"

森林里张设的结界是一个以城堡为中心，直径五公里的圆阵。Caster 所在的位置正好是在刚进入结界的地方。

如果他再走深一点的话，爱莉斯菲尔就可以发动领域效果（Area Effect），支援同伴的战斗。但是 Caster 好像识破了这一点，一直沿着结界的外圈徘徊。

"爱莉斯菲尔，敌人在引诱我们出去。"

Saber 语气紧张地低声说道。靠她从灵的脚力，不出几分钟就可以赶到 Caster 的所在地。爱莉斯菲尔也知道她的意思，Saber 急着现在就想出战 Caster。

并不是骑士王血气方刚，而是因为 Caster 带来的那些孩子们——这不祥的意义让她感到很焦急。

"那些一定是……人质吧。"

爱莉斯菲尔忧心忡忡地低语，Saber 点头回答："如果启动陷阱或是机关，那些孩子们都会受到波及。只能靠我直接出去打倒 Caster，救出那些小孩了。"

虽然这道理很明白，爱莉斯菲尔却很犹豫。就连 Saber 自己都不放心以带伤之身对抗 Caster，如果相信她的直觉技能，吉尔斯·德·莱斯绝对是不容小觑的麻烦敌人。在无法提供任何支援的情况下，就这么让 Saber 前往结界边缘真的好吗……

这时 Caster 突然抬起他那对如同猛禽般圆大的双眼，回视爱莉斯菲尔，咧嘴一笑。

"千里眼被识破了？"

对方是 Caster——魔术师的英灵，千里眼只不过是三岁儿童的小把戏吧。Caster 直直地看着爱莉斯菲尔的视点位置，用一种殷勤到让人觉得做作的动作将手腕一摆，行了个礼。

"吉尔斯·德·莱斯依照昨晚的约定前来拜访了。"

水晶球坚硬的表面振动，传来从监视位置收集到的声音。

"在下想要与我美丽的圣女贞德再见一面。"

Saber 直视着爱莉斯菲尔，希望她尽快下达命令。少女从灵已经下定决心要赶赴死地，反而是她的主人还在犹疑。

Caster 仿佛看穿了爱莉斯菲尔心中的迟疑，带着轻蔑之意冷哼一声，如同演独角戏一般继续说道："……无妨，各位可以慢慢来，不用着急。我也已经做好久候的准备。其实也没什么，不过就是个简单的小游戏罢了——请容我借用贵宅院的一个小角落。"

Caster 的手指一弹，之前乖乖跟着他的小孩子好像大梦初醒一般，睁大眼睛慌了起来。这些孩子们四处张望、不知所措，似乎完全不知道自己被带到什么地方来。

"来，孩子们，捉迷藏游戏就要开始了。规则很简单，只要从我身边逃走就可以了，要不然的话——"

Caster 的手从长袍的衣摆底下悄然伸出，放在一个站在他身边的小孩子头上……

"不要！"

明知无用，Saber 还是忍不住大叫出声。

一声头盖骨破碎的声音，飞溅的脑浆与眼珠画出一道道的抛物线。这一幕有如活地狱般的光景就这样成为实时影像深深烙印在众人的脑海里。

孩子们发出悲凄的叫声四处奔逃。站在中心位置的 Caster 愉快地放声大笑，用舌头仔细舔着染满血迹的手。

"快逃吧。数到一百我就要开始追你们啰。贞德，您认为我抓到所有人要花多久时间呢？"

爱莉斯菲尔不再感到迷惑，她无法再犹豫下去。虽然生为人造生命体，但她的精神已经为人母了。那具遇害后倒在一旁的可怜的小小身躯正好与伊莉雅斯菲尔的身高差不多。

"Saber，打倒 Caster。"

"遵命。"

骑士王的回答极其简短。在爱莉斯菲尔听见她的声音时，Saber 的身影已经从会客厅中消失了。只有她身后卷起的残风诉说着王者的愤怒。

−130：55：11

Saber 化为一道银色的疾风，在树林间疾驰。

和切嗣之间的争执现在已经被她抛在脑后。一旦踏上战场，她的精神就好比一把剑。一把断金切玉、纯净无瑕的锋利长剑，没有一丝迷惑与犹豫。

她知道自己现在正往 Caster 设下的陷阱里跳。虽然对于那个恶鬼种种恶行的愤怒让她的血气翻腾，但是她并不是只凭着一股血气行动，只靠愤怒或憎恨无法让心灵化成利剑。

孩子们一个接着一个被害，这种光景她不是第一次看到。只要上了战场，再怎么不情愿也还是会看到一些身材娇小的尸骸。对于过去以亚瑟王身分活着的她来说，这反而是一种日常生活中常见的景象。

人类这种生物如果被迫面临生死关头，就会变得彻底的丑恶、卑劣和残酷。成为侵犯女性、屠杀孩童、掠夺饥民的双足野兽。在尸骨遍布的战场上总是充斥着这些地狱饿鬼。

不过正因为如此，即使身处如此惨无人道的地狱当中还是需要一种"证明"。必须要有人亲身证明纵使面对各种困境，人类还是可以维持尊贵的自我。

那就是骑士，战场上的高贵之人。

骑士必须要表现得尊贵、威武，以自身之光照亮战场。必须让堕落为地狱恶鬼的人们心中重拾荣誉与尊严，让他们重新为人。这是身为骑士必须成就的责任，这份责任比自身的愤怒、悲伤、痛楚、苦难还更加重要。

为此 Saber 要杀死 Caster。不是因为愤怒，而是一种义务。

她必须承认这么做有欠谨慎，就算被批评轻率也只能接受，但这绝对不是有勇无谋。虽然她已经预料到 Caster 会是很难缠的敌人，但并没有感觉到毫无胜算的绝望。Saber 的第六感告诉她——只要拼死一战，最后存活下来的人一定是自己。

既然如此，她就要杀。Saber 和切嗣不同，有个原因让她必须这么做。就算负伤力尽，她也必须亲手斩杀那种天理不容的邪恶之徒。这是她身为骑士王所肩负的责任，也是责无旁贷的义务。她绝对不容许有人玷污战争的意义，或者在战场上贬低人性的尊严。

血腥味变得浓厚起来。泥泞不堪的地面几乎让 Saber 踩不稳，她停下脚步。

土壤吸饱湿气，好像刚刚下完一场倾盆大雨一样。只不过沾湿土壤的不是雨水，而是殷红的鲜血。

四周充满令人作呕的内脏臭味，满地血海。究竟杀了多少人才能营造出如此凄惨的景象，光是想象就让人感到胸口滞塞。

成为 Caster 手下牺牲品的全是一些年幼的天真孩童。Saber 想起她在水晶球中看到那些小孩子们害怕地一边哭喊，一边大声求救。这些都是刚刚才发生的事情，Saber 花了不过几分钟穿过森林之前的情景。

这些满地的尸骸，那时候都还活着……

"欢迎您，贞德。我等您好久了。"

Caster 脸上堆满笑意，喜迎一动也不动的银白色贵人。他忍不住为自己摆下的这场盛大筵席感到骄傲，笑容中尽是自赞自赏之意。站在血海中的漆黑长袍淋满鲜血，显得更加鲜艳。

"这副惨状您觉得如何？让人非常痛心对不对？让人看了很难过对不对？您能想象这些天真无邪的孩子们在死前尝到何种痛苦吗？可是贞德，比起我失去您之后的所作所为，这种程度根本算不上什么悲剧——"

Saber 不想让他再说下去，也不想再多听。她跨出一大步，不给 Caster 一点反应的时间，横扫一剑就要把他拦腰斩为两截。

Caster 同样也从 Saber 的脚步中看出杀意。他不再多耍嘴皮子，伸手一扬，翻开长袍的衣摆。

藏在他怀中的事物足以让 Saber 再次停下脚步。

那是被当作人质的小孩——最后一位生还者。孩童被 Caster 抱在腋下，还在抽着鼻子哭泣。Caster 只是为了在这时候把小孩当作盾牌，才会留下他不杀吧。

"贞德。您那双充满着愤怒的眼神果然美丽。"

Caster 神态自若，对 Saber 露出微笑。

"您这么恨我吗？是啊，您当然恨我。您怎么可能会原谅背离神爱的我呢？因为过去您比任何人都还要虔诚地崇敬上帝啊。"

"把那孩子放开，魔鬼。"

Saber 对 Caster 说道。语气如同剑锋一般冷冽而锐利。

"这场战争是为了选出适合得到圣杯的英灵，如果你用这种英灵不该有的方式战斗，圣杯会舍弃你的。"

"既然您都已经复活，什么圣杯早就已经没用了……如果贞德您这么想要救这小孩子一命的话……"

让人意外的是 Caster 轻笑一声，二话不说就放开了那孩子，轻轻地让他站在地上。

"来，孩子。你应该觉得高兴，上帝虔诚的使徒说要来救你。那个什么全能的上帝总算愿意大发慈悲了，只不过你的其他朋友都已经死得干干净净了。"

年幼的小孩子似乎也能理解赶来的金发少女是自己的救星。哇地一声大哭起来，直接朝 Saber 跑过来。

Saber 戴着护具的指尖轻碰幼童紧抓住铠甲的小手。她很想把小孩抱起来好好安慰一番，可是此时她身在战场，考虑到幼子的安全，实在不是分心照顾的时候。

"这里很危险，快点逃吧。听话，只要继续往前走，就会看到一座大城堡，你到那里去求……"

小孩子的后背突然发出撕裂声，啜泣声转为痛苦的惨叫。

就在瞠目结舌的 Saber 眼前，娇小的身躯垂直爆裂开来。从小孩体内喷出来的甚至不是鲜红的血液。

那是一大群墨绿色、扭动着的蛇——不，那东西全身布满像是小齿颚般的吸盘，绝对不是一般的蛇类，而是乌贼或是某种形似乌贼的异种生物的触手。那些与 Saber 的手腕一样粗大的异物刹那间伸展开来，缠上银色铠甲，开始用强悍的力道紧紧绑缚住 Saber 的双手双脚。

借由血肉从异世界召唤出来的怪魔不是只有困住 Saber 的这一只。散落在四周的血肉里也陆陆续续生出触手。Saber 身边转眼间就被数十只怪物包围住了。

每一只不定型的怪物大小都和一个成人差不多，既没有身躯也没有四肢，如同一只巨大的棘冠海星。疑似是无数触手根部的部位上有一张长满如鲨鱼尖牙的圆形口器。虽然这是一种未知的生物，但是与灵体或是幻想都不一样，可能是栖息在不同自然法则的异世界生物。

"我已经说过了吧？下次来见您的时候会做好万全的准备。"

Caster纵声大笑，夸耀自己的胜利。他的手上不知什么时候多出一本厚重的装订书。那本书的封面带着像是沾了水般的湿亮光泽，是贴上人皮制作出来的。虽然看起来只是一本书，但是在Saber灵力下，可以看出在那东西中有闪光旋转流动。以那本书为中心点，有一股庞大的魔力正在脉动、放射出来。Saber想都不用想就知道那本书一定就是Caster的"宝具"。

"我的同志弗朗索瓦·普拉蒂（François Prélati）留下这本魔书，让我学到如何统御恶魔军团的法术。您觉得如何呢，贞德？过去在奥尔良聚集的任何军队都没有这支军团雄伟吧。"

Saber没有回答。她被触手紧紧缠住，手上护具中握着已经干涸、破碎到完全看不出原型的尸骸碎块。在怪魔出现的同时被吞噬血肉的尸体已经感受不到一个人的重量。这具尸体在几秒钟之前还是一个一边哭泣一边抓着她的年幼孩童。

"好吧。我再也不会和你竞争圣杯。"

低沉的自语冷静地让人毛骨悚然。剑之从灵将盘踞在丹田之内的力量解放出来。

蠢动的怪魔一颤。震动Caster鼓膜的不是声音，而是冲击波。

因为愤怒而沸腾的长啸与魔力喷射的大爆炸从少女娇小的身躯迸发而出。包裹住她全身的触手团撑不到一秒钟，瞬间全部断裂，化为细碎的肉片四散纷飞，消灭殆尽。就连黏附在身上的黏液都被震得一点都不剩，白银铠甲再次恢复原本皎洁无瑕的光辉。在怪魔群聚集的中心，少女的站姿仿佛战神般庄严神圣，燃烧着熊熊怒火的双眸直射 Caster。

"在这场战斗当中，我不求任何收获，也不要任何报酬。现在……Caster，我只为了消灭你而持剑！"

"贞德……"

感受到 Saber 惊人的压迫感而喘息不已的 Caster 脸上露出的不是恐惧也不是犹豫之色——而是忘我的恍惚。

"多么高洁的情操、多么威武的模样……圣女，在您的面前就连神明都微不足道！"

Caster 高声发出欢呼，兴奋地几乎喘不过气来。怪魔的触手以他的呼声为信号，朝向 Saber 铺天盖地席卷而来。

"为我的爱而玷污吧！为我的爱而堕落吧！神圣无瑕的圣女啊！"

凛冽的剑风与疯狂的哄笑为这场死斗点燃了战火。

$$\times \qquad \times \quad \times \quad \times \qquad \times \quad \times \quad \times \qquad \times \quad \times$$

爱莉斯菲尔屏息观看水晶球中展开的战斗。

Saber 先前预知的不安究竟是什么，现在终于真相大白了。

按照属性的特性来看，Saber 对 Caster 占有压倒性的优势。获得剑之英灵属性的时候，她的魔术抵抗技能会被大幅提升，更加强大。对于以魔术为主力的 Caster 来说，这项不利条件可说非常致命。正面对战的话，Caster 完全没有一点胜算。

可是——

仔细一想，吉尔斯·德·莱斯伯爵不正是因为他试图召唤恶魔才留给后人魔术师的形象吗？那么她早就该料到这个 Caster 其实是召唤魔术师（Summoner）才对。

魔术抵抗力只对以她自身为目标所施展的魔术才有效，无法帮助她防范由异世界召唤魔兽的术法。而召唤出来的怪兽一旦化为实体，就会成为不同于魔术的威胁。怪兽的尖牙与钩爪和刀剑相同，都是物理性的攻击。Saber 想要对抗的话，只能仰赖剑法与武装。

Saber 号称拥有最强的近战能力，区区的异界魔兽当然不足为惧。但前提是在她的状态正常的情况下。

水晶球显示出的森林战斗战况不能过度乐观。

面对怪异触手的攻击，Saber 毫不退让。她的战斗有如天神降世，只要无形之剑一扫，就会有一两只怪物被斩成两截，在空中飞舞。触手群虽然恐怖，但是它们连碰都碰不到少女从灵。

Saber 完全可以抵挡住怪魔有如海啸般翻涌而来的攻势——可是同时也代表她陷入只能防守，无暇攻击的窘境。

Saber 不断施展刚猛的剑技化解敌人的攻势，Caster 却站在远处，带着从容不迫的笑容看着她奋战不懈的样子。Saber 到现在还是无法朝这些怪魔的主子 Caster 踏出一步。

触手怪魔被一一斩倒，但同时又不断有新的触手出现。怪异生物接二连三地从各处染红土地的血水堆中出现，杀之不尽斩之不绝，一只只加入包围 Saber 的圈子里。

无形之剑斩杀的数量和重新召唤出来的怪魔数量几乎完全一致。这也就是说战斗的主导权掌握在 Caster 的手中。魔术师不急着取胜，他逐一派出对抗 Saber 所需的兵力，让战局陷入胶着。

Caster 是因为战略需要才选择持久战的。他可能企图用这种方式消耗 Saber 的体力，等到她筋疲力尽的时候再一决胜负吧，而 Saber 现在已经完全掉进他的陷阱里了。

如果 Saber 毫发无伤的话，战局想必又是另外一番局面，自恃数目众多的喽啰群肯定完全不是她的对手。可现在 Saber 的左手力道受限，从水晶球中也能清楚看出无法使出全力战斗使她露出焦躁的表情。

"还有其他召主进入森林的反应吗？"

切嗣在背后问道。从他的声音听起来，显然对 Saber 现在身处险境一点都不在意，这让爱莉斯菲尔都觉得有些不高兴。但是切嗣只是默默地专心准备武器，好像根本没注意到妻子的反应。他把各种手榴弹以及装着冲锋枪备用弹匣的小袋子一个一个扣在大衣之下的吊带扣上。那模样一点都不像是一位准备上战场的魔术师——但是看见切嗣的礼装，那柄单发魔枪套在腰间枪带的皮套当中，爱莉斯菲尔明白丈夫心中已经做好相当的心理准备。

"舞弥，带着爱莉离开城堡。往与 Saber 相反的方向去。"

舞弥收到切嗣的指示，二说不说便点头答应。爱莉斯菲尔却难掩脸上惊讶的神色。

"我不能……留在这里吗？"

"既然 Saber 在远处作战，这座城堡也不安全了。因为可能有家伙和我有一样的想法。"

Saber 离开之后，或许确实可能有人会想攻击留在城堡里的召主，坐收渔翁之利。如果想要杀召主的话，召主与从灵分开行动的时候就是最好的下手时机。

在从灵守护之下的召主以及守在自己工房里的召主，究竟哪一个比较好对付——让切嗣判断的话，他选择后者。如果有其他魔术师做出一样的结论，只要看到现在 Saber 在只身战斗，就会针对留在城中的爱莉斯菲尔而来。

切嗣才和爱莉斯菲尔见面没多久，现在又要离开独自行动，让爱莉斯菲尔不禁感到不安，在她知道切嗣隐瞒自己不安定的心理状态之后更是操心。但是她也知道就算自己和切嗣同行也只会绊手绊脚而已。再说虽然只有一段短暂的时间，众人在城中会合本来就不在预定计划之内。

"……"

冷静打量自己内心的想法之后，爱莉斯菲尔终于明白了。让她不放心的原因不是因为和切嗣分开，而是因为要和舞弥一起行动。站在切嗣的立场，他是想让舞弥保护爱莉斯菲尔吧。但是爱莉斯菲尔在心底深处还是无法完全摆脱对舞弥的抗拒意识。

话虽如此，她当然不会这么幼稚，因为这种私人感情对切嗣的意见唱反调。

"我知道了。"

就在她消沉地点头之时……

"？"

魔术回路当中有一股新的刺痛感闪过。这是来自森林监视结界的反馈信号。

"……怎么了，爱莉？"

"切嗣，和你推测的一样。又有别人进来了。"

−130：48：29

就在 Saber 砍倒三头怪魔的时候，她发觉这是敌人的诡计。

她还不清楚原因是什么。这些触手怪物太不堪一击，但是 Caster 的态度却又出奇地自信满满。Saber 的直觉发出警告声。

砍死了十头，Saber 终于确定这股不安情绪所为何来。

敌人的数目没有减少。不管杀死多少，总是有新的怪物出现。Caster 的召唤魔术不断从异世界召集援军。

无所谓，Saber 激昂的心作出决定，就算敌人的数目增加再多，自己只要以更胜于对方的气势逐一击杀就是了。在沸腾的斗志驱使下，Saber 的长剑更增其力道与速度。

三十头。面对似乎丝毫不减的敌军，焦躁的情绪在 Saber 的心中闪过。

五十头。她知道再数下去也没有任何意义。怪魔诞生于现界的温床不只有孩童血肉而已——在视线的一角，她发现有新的怪魔从已经砍死的怪魔尸骸中出现。原来如此，难怪数目不会减少，这样一来等于她打倒的怪魔会永无止境地重生。

这么一来就是比拼双方魔力的储备量了。了解这场战斗将会是一场持久战的 Saber 马上减少剑招的力道，一直全力挥剑的话无法久持。只能使用最少量的体力，尽量有效地逐一斩杀敌人。

Caster 的魔力也不可能是无限的。像这样不断重复使魔的召唤与再生，总有耗尽魔力的时候。问题是 Saber 能不能撑到那时候。

一想到左手派不上用场，又让 Saber 觉得懊恼不已。想要单用一只右手挥剑，无论如何一定要用魔力喷射弥补不足的臂力。在现在这种情况下，多余的魔力消耗是最要命的负荷。

再说要是能用双手握住这支剑柄的话——一招"应许胜利之剑"早就把这些污秽恶心的怪物烧得一块碎屑都不剩了。

心中的焦虑使得 Saber 咬紧牙根，但她还是继续挥舞长剑。被她斩杀于剑下的怪魔数目终于即将超过三位数，但 Caster 依然不改脸上满不在乎的轻笑，欣赏 Saber 努力奋战的模样。对手完全没有露出疲态让 Saber 起了疑心，这时候她注意到敌人手上的装订书散发出异常浓密的魔力。

"该不会……"

虽然这是最糟糕的想象，但恐怕应该没错了。

这道召唤魔术呼唤出大量怪魔，使之再生，驱使它们一再往 Saber 的剑下攻来。现在正在吟唱魔术咒言的就是那本魔导书。

那东西不单单只是一叠记载咒文的纸张。那本书本身可能就是一个具备大容量魔力炉，能够自行使用术法的"怪物"。Caster 并不是从书页中读取咒语，施展魔术。他只不过是随着自己的心意自由"操纵"这只怪物，当成魔力的发动源而已。

《螺湮城教本》(Prelati's spellbook)——真是一件可怕的"宝具"。如果爱莉斯菲尔是 Saber 的正式召主，具备透视力能够在第一次见面就看到 Caster 能力的话，她一定可以看出对方是只有宝具能力特别强化的危险从灵。要是知道这一点，就算可能受到旁人指责怯懦，Saber 说不定也会更谨慎小心地判断，而不会轻易接受 Caster 的引诱，前来打这场消耗战了。

不——这种后悔就是一种软弱心态。

Saber 让自己打起十二万分精神。如果是一名活在名誉之下的骑士，面对像 Caster 这样的邪恶是绝对不能退缩的。退缩的话就等于放弃了她最大的力量与武器——也就是相信自己为了正义而挥剑的心。

"真是叫人怀念啊，贞德。所有的一切都和过去一样。"

Caster 像是在观赏一幅圣画一般，神情恍惚地看着 Saber 的进退驱避渐趋激烈。

"即使置身于敌众我寡的困境中，您依然毫不胆怯、绝不屈服。您的眼神总是相信自己的胜利，从来不曾怀疑。您果然一点都没变，那份高傲的斗志、尊贵的灵魂在证明您就是贞德。可是……"

他还是在说这些莫名其妙的话语。Saber 压抑住心中的怒意，专心砍杀面前的喽啰。每一句话都和他争辩的话，只会愈来愈称了对方的心意而已。

"为什么？您为什么一直执迷不悟？为什么还相信上帝的保佑？难道您以为会发生奇迹把您从这困境中救出来吗？我好悲哀！您已经忘了康白尼之战吗？忘了上帝把您从荣光的巅峰推落到毁灭深渊的陷阱吗！受了那么多侮辱，您竟然还甘心做上帝手中操弄的人偶吗？"

真想让那张胡言乱语的嘴巴闭上，让他知道为了这种无聊的妄想而夺走无辜孩童生命的罪恶有多么深重，此等罪恶的制裁又有多么严厉——虽然 Saber 一心想要让 Caster 付出代价，但是剑尖却总是碰不到 Caster 身上。受到前赴后继的怪物十几二十层的厚墙阻隔，她和 Caster 之前的距离实在太遥远了。

触手抓到一瞬间的可乘之机，从背后缠住 Saber 的脖子。Saber 在脖子被勒紧之前，下意识伸手想要抓住触手，但是拇指不灵活的左手只是白白擦过触手的表面而已。

"呜……"

Saber 的动作停了下来，她眼前的视线完全被触手所形成的厚墙所遮蔽。只能再次魔力喷射震开这些触手，可是如此庞大的数量……

此时红色与黄色的两道闪电将怪物群扫开。

挣脱束缚的 Saber 深深吸了一口气，气喘吁吁。一道穿着草绿色战衣的修长身影挡在她的视线前方。

"这样很难看喔，Saber。你的剑法如果这么拙劣的话，可是有辱骑士王的名号啊。"

俊俏到近乎罪恶的美男子对着一脸愕然的 Saber 抛了个媚眼。那双充满魔性的视线唯有具备魔力抵抗力的 Saber 才能承受得了。与手中那对危险凶猛的长枪不同，迪卢木多·奥迪那的微笑是那么地轻松写意。

"Lancer，你为什么……"

Saber 很讶异，但是 Caster 更是大吃一惊。

"什么人？谁允许你来碍我好事！"

"那是我要说的话，恶徒。"

Lancer 冷冷地看着情绪激昂的 Caster，左手短枪的枪尖直指 Caster。

"又是谁允许你做出这种无法无天的行为？这个 Saber 的脑袋可是点缀我长枪的勋章。局外人想要强取豪夺，可是不知战场礼数的小偷行径喔。"

"愚蠢！愚蠢愚蠢愚蠢！"

Caster 用力搔抓头皮，瞪大了双眼，发出怪声大吼大叫。

"因为我的祈愿！我的圣杯！才让这个女人复活的！她是我的人……她的每一滴血，每一片肉，甚至她的灵魂都是属于我的！！！"

Lancer 完全不畏惧 Caster 的狂态，深深叹了一口气，耸耸肩膀道："你给我听好了。夺走 Saber 左手自由的人是我，所以只有我一个人有权占她这个便宜。"

Lancer 左右两杆长枪的枪尖缓缓举起，摆出他独特的双枪架势。他站在 Saber 面前，就好像是把骑士王护在身后一样。

"我说 Caster，我对你追女朋友其实也没什么意见。如果你非得逼 Saber 屈服，要了她的话，试试看倒也无妨。但是——"

美貌的战士住口不说，双眼逐渐浮现慑人杀气。

"我绝不允许你抢在我迪卢木多之前杀死'独臂的 Saber'。如果你还不肯收手，从现在起我的长枪将会代替成为 Saber 的'左手'。"

回想起来，Saber 已经是第二次看着 Lancer 的背影了。昨晚当她遭遇到 Berserker 的狂威时，Lancer 也是这样插手介入。他这么做都是为了想要光明正大地与曾经一度交手过的 Saber 一决胜负吗？

"Lancer，你……"

"你别误会了，Saber。"

Saber 话说到一半，Lancer 剽悍的眼神瞟了她一眼，强调说道："今天我只收到召主一道指令，那就是杀死 Caster。我没有收到其他指示要对你有什么动作。我认为现在我们双方最好联手对付 Caster，你觉得呢？"

Lancer 的解释根本没有说明为什么他出手第一件事就是先帮助 Saber 脱离险境。如果不这么做，Caster 的注意力完全只放在 Saber 身上，枪兵完全可以选择绕到 Caster 的背后，杀他个措手不及。

可是 Saber 不过问这些，她只是露出笑容，对 Lancer 点一点头，向前站在 Lancer 的右侧。

长剑的架势完全朝向右方。Saber 已经不在意左侧的空隙了，现在她有一只相当有力可靠的"左手"。

"Lancer，话先说清楚了——要是我的话，只用一只左手就可以打倒一百只那些小喽啰。"

"哼，这点小数目有什么困难。今天你就当自己是左撇子吧。"

两位英灵一边互相说笑，一边朝向怪物群聚的肉壁疾冲过去。无形之剑与双魔枪横扫扭动挠曲的触手团块。

"我绝不放过你……你这个自以为是的人！！！"

Caster 手中的魔导书仿佛像在呼应他的怒吼似的，一边发出诡异的脉动，一边翻动书页。怪物出现的数量陡然倍增，触手群几乎挤满了林木之间的空隙，向 Saber 与 Lancer 扑来。

更加激烈、更加凌厉的第二场战斗开始了。

−130：45：08

　　肯尼斯·艾梅罗伊·亚奇波特在冬木市内发现 Caster 的行踪完全出于偶然。

　　黄昏时分，当他发现穿着不符合现代时空背景的黑袍怪人漫步在住宅区的时候，让他惊讶至极。当他看着那名怪人拦下路边经过的小货车，使用暗示束缚住司机，然后像是领着幼儿园儿童的老师一样，引导幼儿们坐上小货车之后，随即开始进行追踪。

　　要展开从灵对战只能选在不会被人看到的地方，所以当载着 Caster 的小货车恰巧离开市区，往深山中驶去时，肯尼斯窃喜天助我也。但是当他知道小货车到达的目的地是艾因兹柏恩森林的时候却犹豫了。

　　肯尼斯在战前调查时也曾经听说过关于冬木市附近的艾因兹柏恩领地的事。既然那里是魔术师的领地，当然具有一定程度的结界或是防护措施，局外人在那里作战很难占到上风。话又说回来，虽然他不晓得事情的来龙去脉——不过 Caster 特地大老远跑来这里，显然有意挑战艾因兹柏恩势力，那么这场战斗说不定有可乘之机。打定主意，他便带着 Lancer 踏进森林结界。

　　事情果然如肯尼斯所想的一样，Caster 与 Saber 展开战斗。从 Caster 那颠三倒四的言行举止当中，肯尼斯已经知道 Caster 单独一个人行动是因为他已经陷入失控状态，但是 Saber 的召主同样也没有现身。对方可能是认为既然身处在自己的领地，就算从灵不在身边也能自保，所以决定在后方的据点观战吧。

这样一来，肯尼斯也决定该怎么做了。

无论如何，肯尼斯先命令 Lancer 攻击 Caster。对于已经耗掉一道令咒的他来说，监督者提出的消灭 Caster 的报酬真是求之不得。但在这种状况下打倒 Caster，等于和 Saber 组成共同战线，连艾因兹柏恩的召主都会得到特别赠送的令咒。这是他绝对不希望看到的事情。

所以肯尼斯把 Caster 交给 Lancer 应付，自己独身一闯艾因兹柏恩城。如果想要独占 Caster 的脑袋，只要同时把 Saber 的召主除掉就可以了。

虽然这是一项大胆的挑战，却无法动摇肯尼斯的自信心。不论艾因兹柏恩有什么防护措施等着，他都已经做好心理准备，赌上艾梅罗伊爵士的名号也要加以彻底击破。想要弥补昨晚索菈乌指出的失误，就必须要表现出这点狠劲。对现在的肯尼斯来说，让未婚妻收回她的污蔑是他最重要的课题。

带着心中激昂高亢的斗志，肯尼斯朝着森林深处一路直进。这座结界森林里虽然布下了幻惑魔术，但是肯尼斯身怀的稀有知识以及直觉轻而易举就能找出结界的中枢，并精确地分析。降灵课第一天才可不是浪得虚名。

"艾因兹柏恩的术式如果只有这点程度的话，城里的防备想必也不过尔尔"

肯尼斯游刃有余，甚至还有心情轻笑。虽然他从英国带来的各项魔导器全因饭店的崩塌而丧失，但是他最强的王牌"礼装"正寸步不离地带在身上，战斗力还是非常充足。

阻挡视线的林木蓦然消失，一座古老苍劲的石造城堡出现在肯尼斯的眼前。不愧是大名鼎鼎的北方魔导世家，只是一座移建的副城规模就这么庞大。肯尼斯毕竟也是名门亚奇波特的嫡传少爷，常人面对这番威风的门面早就已经大受震撼，他却一点都不觉得感叹，甚至有些嗤之以鼻。

"这里还不错。除掉艾因兹柏恩之后，就占领这座城堡当新的据点吧……"

肯尼斯失去了凯悦饭店的套房，现在把郊外的废工场当成暂时的栖身之地，把索菈乌安顿在那里。未婚妻的心情当然是大大地不快，更重要的是肯尼斯的自尊心绝不允许自己屈就在那种环境当中。

既然决定了，就尽量把建筑物的破坏程度降到最低吧。

肯尼斯的脸上露出无畏的笑容，把抱在腋下的大陶瓷瓶放在地上。瓶子一离开他的双手，瓶底就深深陷入地面中。他对瓶子施了重量减轻的魔术才有办法带着走，事实上这个瓶子的重量将近一百四十公斤。

"Fervor，mei sanguis"（沸腾吧，我的热血）

肯尼斯低声说出启动术式的咒言之后，装在瓶子中的内容物由瓶口成块状溢出。那散发着镜面般金属光泽的液体是大量的水银。分量大约有十公升左右的水银液体像是拥有自律能力的单细胞生物一般流到瓶子外，聚集成一个球体，同时还轻轻颤动着。

这就是艾梅罗伊爵士最引以为傲的"月灵髓液"（Volumen Hydragyrum）——他拥有的诸多礼装中威力最强的一件。

"Automatoportum defensio: Automatoportum quaerere: Dilectus incursio"（自动防御：自动侦搜：指定攻击）

每当肯尼斯沉声唱出一句咒语，水银块的表面就会跟着发出阵阵细微的震动，然后跟随肯尼斯走向城门的脚步滚动过去。

肯尼斯拥有魔术师中也很稀少的双重属性——"水"与"风"，最擅长两者共通的"流体操作"术式。他创造出来的这种独特战斗魔术就是把注入魔力的水银当作武器，随心所欲地操控。

水银没有固定的形状。换一个角度来看，也意味着水银能够变成任何形态——

"Scalp!"（斩）

肯尼斯大声一喝，水银球的其中一部分立刻变成细长的带状伸出。下一秒钟，水银就像是长鞭一样发出破空声撞击大门。

而且在撞上大门前，水银长鞭压缩成仅仅几微米厚的薄片状，化为一把和剃刀一样锋锐的利刃。结果就是厚重的大门连同门闩像奶油一样被切成两段，发出沉重的巨响向内轰然倒下。

水银是常温之下重量最重的液态物质。以高压、高速驱动水银时产生的动能相当庞大，而且形状能够在一瞬间任意改变成长鞭、刀锋，以及长枪的样子，锋利的程度甚至还凌驾于激光之上，等同于超高压水刀。

难怪肯尼斯自信满满，势在必得。面对艾梅罗伊爵士的月灵髓液，任何防御手段都是枉然。从钛钢到钻石，没有一种物质是月灵髓液切不开的。

排除了挡路的障碍物，肯尼斯悠然自得地踏进城内大厅。吊灯放出绚丽的光辉，大理石地板磨得雪亮。城中的空气很清新，让人感觉直到刚刚这里都还有人在——可是现在却没有一个人现身迎战。

"亚奇波特家第九代家主，肯尼斯·艾梅罗伊·亚奇波特来此拜访！"

肯尼斯威风凛凛地挺起胸膛，声音传遍无人的大厅。

"艾因兹柏恩的魔术师！把生命与尊严赌在你追求的圣杯上，现在就来一场光明正大的决斗吧！"

没有人回应肯尼斯的挑衅呼唤，其实他自己也不期待能够按照正规形式进行决斗。他发出一声带有嘲弄语气的叹息，踩着响亮的脚步声走到大厅中央。

就在这时，摆设在宽广大厅的四个角落，看似平凡无奇的四只花瓶忽然发出巨响爆开。飞散出来不是瓷器碎片，而是无数的金属颗粒，它们以有如枪弹般的速度朝着肯尼斯洒过来。

陷阱当中完全没有魔术反应，肯尼斯甚至没有察觉陷阱的存在。这也难怪，卫宫切嗣事先装设在花瓶中的是一种称为"阔剑"的指向性对人地雷（Claymore）炸弹。这种武器由炸药的爆炸力将七百多颗直径一点二厘米的钢珠呈扇形射出，专门用来一网打尽伏击步兵。这种杀人兵器在四个方位一次性全部爆炸开，位在中央的目标绝对无路可逃，只能被炸得不成原型，变成一团绞肉。

——但这是指如果对方不是魔术师的情况。

就在多达两千八百多颗钢珠就要打到肯尼斯身上的那一瞬间，他站立的位置已经被银色的圆球覆盖。聚集在肯尼斯脚下的水银块在一刹那改变了形状。

滴水不漏的水银薄膜在肯尼斯周围展开。厚度虽然不到一厘米，但是经由魔力压缩，薄膜的张力与硬度几乎与钢铁一样。阔剑地雷的钢珠洗礼没有一发打中肯尼斯，全部被挡住，弹开到整个大厅，结果只是把城内的装潢打得稀烂而已。

这就是月灵髓液的"自动防卫"模式，这套预先设定好的术式会对任何可能危害肯尼斯的人事物做出反应，迅速张开超坚硬的防护膜。它的反应速度就如现在所看到的一般，甚至能够快过枪弹，也就是月灵髓液的防卫系统保护肯尼斯与索菈乌逃过凯悦饭店的崩塌危机。自由变化的水银时而成为肯尼斯攻击的剑，时而成为守护他的盾，是一套攻守俱佳的完美兵器。

"……哼。"

防护膜解除后，看着周围惨状的肯尼斯对敌方设下的恶毒陷阱冷哼一声。虽然肯尼斯对军用武器一无所知，但是他很清楚刚才袭击他的不是魔术攻击，只是利用一般炸药的普通武器罢了。

在肯尼斯的脑海中，关于昨天晚上那让人不愉快的事件真相终于大白。

他之前就已经猜测过，六组敌人之中，手下率领 Saber 的艾因兹柏恩势力应该比任何人都急着想要打倒肯尼斯。但是艾因兹柏恩好歹也是赫赫有名的魔导世家，艾因兹柏恩的魔术师竟然诉诸那种低贱又没品的手段。同是严守魔导尊严的人，肯尼斯实在很难相信这种事。

但是——现在已经没有什么好怀疑了。昨天晚上使用卑鄙至极的手段破坏肯尼斯工房的爆破专家现在确实就在这座城堡里。

"……艾因兹柏恩已经堕落到这种地步了吗。"

在他的低语当中，感叹之意更胜于愤怒。下手的不可能是Saber 的召主本人，他们可能是雇用了一些低三下四之辈为己用。即使如此，这仍然是难以想象的堕落。肯尼斯绝对不能允许他们把没有资格的人带进这个神圣的战场。

"——好吧。那么这场战斗就不是决斗，而是杀戮了。"

肯尼斯重新燃起杀气，踏出脚步深入敌营内部。

卫宫切嗣虽然人在会客厅里，但是利用设置在大厅暗处的CCD 摄影机，他还是可以观察到艾梅罗伊爵士最自豪的月灵髓液威力。

使用咒术操纵的水银进行自动防御——眼前看到的实物与传闻中听说的相去甚远，没想到反应速度竟然比对人地雷的爆炸还要快，这样一来武器弹药是不可能派得上用场了。

虽然很不情愿，但切嗣不得不承认肯尼斯确实是一流的魔术师。现在回想起来，早在凯悦饭店设下的陷阱没有杀死肯尼斯的时候，他就应该得出这种结论了。

这就是说卫宫切嗣也必须以"魔术师"的身分与这个敌人战斗才行。

为了要找出城堡中的敌人，肯尼斯应该会从一楼的各个房间开始一间一间找起。现在切嗣所在的会客厅是在二楼深处。只要切嗣马上行动，还有时间挑选对战斗有利的场地。

切嗣一边思索记在脑海中的城堡格局图，一边走向门口，打算离开会客厅——这时候他突然停下脚步。

有一条闪着金属光泽的丝线从门上的钥匙孔中垂下来，那是一滴水银。极少量的水银在门上留下银色的轨迹，沿着门扉的表面滴落。

就在切嗣注意到的那一刻，水银滴垂流的动作戛然而止，接着就像是生物一样由门而上，流回钥匙孔中，一下子就消失地无影无踪。

"……原来如此，这就是'自动侦搜'吗？"

就在切嗣皱着眉头喃喃自语之后，银色的闪光贯穿了铺着绒毯的会客厅地板。

就在一眨眼的瞬间，房间中央的地板被切开一个圆形，塌到楼下。银色的触手由地板上的大洞一跃而出。

切嗣眼前出现的月灵髓液又变了一个形状，看起来就像是一只金属水母。无数的触手攀在地板上的开口边缘，触手根部的伞部张开成为平坦的圆盘状，为主人提供一个安定的立足之处。站在上面露出胜利笑容的人不是别人，正是艾梅罗伊爵士。

"找到你了，肮脏的鼠辈……"

就在一派轻松的肯尼斯对水银下达攻击指令之前，切嗣从腰际的枪套中拔出 Calico 冲锋枪，朝肯尼斯开火。

水银立即反应，在肯尼斯面前张开防护膜，封杀了九毫米子弹的杀人狂澜。仅仅过了几秒钟的时间，装着五十发子弹的弹匣便打空了。

但是这几秒钟已经让切嗣有充分的时间咏唱咒文。

"Time alter——double accel！"（固有时制御　二倍速）

在切嗣高声说出咒文的同时，魔力的狂流蹂躏他的体内。

"Scalp！"（斩）

Calico 冲锋枪的弹幕一结束，肯尼斯立刻发出死亡宣告。回应呼唤而伸出的两条银鞭左右夹杀，发出破空声，企图切开动弹不得的猎物。

"嗯？"

惊愕的低沉叫声是由肯尼斯口中发出来的。

就在两条银鞭即将截断切嗣身躯的前一刻，切嗣突然以让人难以置信的速度疾奔，从打来的两条银鞭之间穿过，躲开攻击之后立刻往肯尼斯立足的月灵髓液正下方——也就是刚才被水银斩击切开的地板开口处纵身跃下。

一瞬即逝这句话形容的就是这种状况。人类怎么样都不可能发挥出这种体能，肯尼斯一时之间还反应不过来，愣了一下。但是只要仔细一想，这并不是什么值得大惊小怪的事情。魔术师的战场就是比拼谁比较超乎常理。如果是一只闯进了这块领域的小老鼠，就算异于常人也没什么好奇怪。

"原来如此，看来他对魔术略知一二。"

虽然脸上露出轻笑，但是肯尼斯的心中愈来愈冰凉。如果只是普通的鼠辈也就罢了，那人再怎么说也受过魔术的熏陶，却是依赖这种下三烂手段的卑鄙小人。他不仅仅是个肤浅的三流角色，还是个不择手段的恶棍，就是这种人丢光了魔术师的脸面。

"可恶的人渣……你就以死谢罪吧。"

肯尼斯的长袍衣摆一翻，往楼下跳下来。解除水母形态的月灵髓液也跟在他身边，像个橡皮球一样弹跳而下。

"Ire: sanctio！"（追踪：抹杀）

水银接获指令，细微的触角像飞沫一般散开，再次在一楼全区展开地毯式搜索。水银球立刻就找到目标的所在位置，在地板上快速滚动，急急而行。跑在后面的肯尼斯在嘴角露出嗜虐的笑意。

在走廊奔跑的切嗣因为施展术法的后坐力，全身都发出痛苦的悲鸣。

他用来闪避肯尼斯礼装攻击的技术不是那种强化身体的初级魔术，而是难度更高、应用范围更广——但是代价也更重的魔术。

将特定空间的内侧从"时间的流动"中分离出来随意操控。这种"时间操作"是固有结界的一种，属于大规模的魔术。但是这种尝试绝对不是那种无法再次重现的"魔法"，而且与逆转因果或干涉过去之类的"篡改时间"相比，这种减缓过去化、加速未来化的"调整时间"并不算什么极端困难的魔术。问题在于结界的规模以及干涉时间的长短。

切嗣出身的卫宫家代代传承这种关于操作时间的魔术研究，而这段研究的成果现在就积蓄在切嗣背上的魔术刻印里。但是这种魔导非常消耗魔力，事前准备与仪式也很繁杂，是一种以施展大魔术为前提所设计的术式，在战术上可说毫无用处，对于选择在战场上生活的切嗣而言，这套魔术本来是一无是处的遗产。

但是切嗣为了将他继承的刻印做最有效的利用，独自创造出一种应用方法，能够将操作时间的术式以极小的规模且极高的效率施展出来。

为了方便施展固有结界，有一种办法就是将结界的范围设定在施术者的体内。在观念上，将与生俱来的肉体与外界分离最是自然，来自世界的干涉力也最小。在这个最小规模的结界里"调整"短短几秒钟的时间，这就是卫宫切嗣的独门魔术"固有时制御"。

比方说刚才面对肯尼斯的时候，切嗣将血液的流动、血红蛋白的燃烧、肌肉组织开始运动到结束所需的时间全部加快"一倍的速度"。因为轻易就能看出水银长鞭的活动轨道，接下来只要能够发挥出足以闪避攻击的反射速度就可以了。切嗣借由加快自己体内的时间，成功展现出常人不可能达到的体能。

这种魔术的缺点就是会对肉体造成极大的负担。

调整时间的魔术必然会使结界内外的时间流动产生误差，结界解除之后，就会发生一股自然力来弥补这段断层，这就是所谓"世界的修正"。这股修补的力量当然会施加在"被操纵的一方"，切嗣的结界也就是肉体本身会被挤压扭曲，以配合原本的时间流动。

一般来说，使用魔术总是伴随着与死亡为伍的危险性，切嗣的"固有时制御"魔术更是风险极大的魔术。在不伤害肉体的状况下，最多只能施展到两倍的速度。再继续下去的话就是自残身躯的赌命行为了。

和肯尼斯使用的魔术比起来，切嗣的魔术既没有他那么华丽夸张，威力也有所不及。但是切嗣不认为这场战斗不利于己。肯尼斯已经丧失打倒切嗣的最好机会——也就是礼装所使出的第一次攻击。对手可能不以为意，但是面对切嗣，这可以说是最大的失误。礼装的真实面目一旦曝光，就让切嗣有机会推敲它的性质，接下来就是"魔术师杀手"的"狩猎时间"了。

切嗣一边奔跑，一边替换 Calico 冲锋枪的螺旋弹匣，接着将 Contender 装填的弹药换成普通子弹。现在还不急着打出王牌，如果想要确实打倒肯尼斯，还必须要用煽动的方式继续刺激他才行。

艾梅罗伊爵士的水银武装不但攻防兼备，而且还具有侦搜能力。但是切嗣已经从这三项要素当中看出弱点了。

首先是侦搜能力——

切嗣选定一个转角停下脚步，藏身在柱子之后。水银的滴流不只从他背后，也从面前的走廊无声无息地滑过来。水银触手已经张开天罗地网，只怕切嗣早就已经无路可逃了。

当液态金属负责担任感觉器官的时候，它所能感知、传达的情报是什么？在视觉、嗅觉或是味觉方面，要是没有专用的感测装置不可能侦测得到。关于这一点，肯尼斯的礼装优点就是在于原理简单，所以能够发挥千变万化的万能用途，就可能性来说可以不做考虑。

最有可能的就是触觉吧。但是当切嗣在会客厅被侦查到的时候，水银还没碰到切嗣就已经抓出他的所在位置。

如果水银的触觉极为灵敏，或许有可能借由判别空气振动以代替听觉，从气温变化来侦测热源。

看着从前后方向爬近的水银滴流，切嗣低声一笑。那坑意儿并不是看得见，只要把心跳声、呼吸声，甚至连体温都隐藏起来的话，切嗣的存在就会变成透明无色。

"Time alter——triple stagnate"（固有时制御——三重停滞）

就在口中低声咏唱的同时，切嗣的视野变得极端明亮。

这当然不是因为外界产生什么变化，只是眼睛的错觉而已。切嗣的视神经在辨识影像的时候，视网膜接受到平时三倍的光亮。

这次的固有时制御和刚才的高速体能相反。切嗣把自身的生物机能减慢到三分之一的速度。呼吸变得缓慢，心跳次数与脉搏的节拍都慢慢开始停滞。停止新陈代谢的身体丧失体温，一下子就降到与外界气温差不多的温度。

在如同雕像般停止的切嗣眼前，水银滴流以急促的速度通过。果不其然，它们什么都没有侦测到。细微的呼吸与微小的血液流动声音混杂在自然界的噪音里，水银没把切嗣现在的生物反应判断为人类的生物反应。

可能是侦搜结果认为此地无人吧，水银触手迅速沿着过来的路径倒流回去。取而代之的是踩踏大理石地板发出的喧嚣脚步声。肯尼斯以为这条走廊上没有人，就这样毫无戒心地靠近过来……

"Release alter！"（控制解除）

视野的明亮度、听觉的周波数全部一口气回到原本的速度。切嗣的心脏突然发生极严重的心律不整，一阵全身血管几乎破裂的剧痛感袭击而来。对切嗣来说，血液的流动速度仿佛增加三倍。实际上他全身上下都有微血管破裂，身上到处出现内出血的淤青。

可是切嗣完全不理会这种折磨人的痛楚与伤害。他从柱子后一跃而出，与刚好踏进走廊的肯尼斯距离约十五米左右，左手擎着的 Calico 冲锋枪朝一脸惊愕的魔术师开火。

肯尼斯大吃了一惊，但是月灵髓液这次仍然忠实完成它的使命，刹那间便张开防护膜，挡下九毫米子弹的狂潮，再度重演刚才在会客厅里的攻防。

"——你这笨蛋，还在做无谓的挣扎！"

肯尼斯虽然被切嗣这一手不可能的奇袭吓了一跳，但是当他知道切嗣展开的攻击还是那一百零一招的枪击时，忍不住在防护膜之后失笑。但是他哪里知道嘲笑的对象已经看穿了自动防御的弱点。

在 Calico 冲锋枪的子弹打完之前，切嗣用空着的右手拔出Contender，对准呈半球状展开的防护膜正中央开枪。

月灵髓液为了对抗 Calico 冲锋枪的弹雨，已经变形为最适合的形状。但是点 30-06 Springfield 弹的子弹初速是九毫米手枪弹的二点五倍以上，破坏力相当于九毫米弹的七倍。

切嗣已经看穿月灵髓液的速度秘诀是在于压力。如果水银处于球状团块的状态下才可以用比子弹还快的速度扩散成薄膜状吧。但是一旦液体已经扩散成为薄膜状，就无法施加足够的压力让它瞬间变形。这完全是因为流体力学的极限。

因此，水银虽然想要立即变成更加坚固的防护形态抵御其他更强的攻击，但是却已经来不及——

如同镜面般明亮的水银膜开了一个黝黑的大洞，从另一边传来肯尼斯的惨叫声，让切嗣知道 Springfield 子弹破膜而过已有斩获。

但是既然是对着遮蔽物内侧的目标射击，当然没有办法瞄准。能够顺利让肯尼斯负伤已经是万幸，期待这种攻击会造成致命伤未免也太过奢望。

实际上，肯尼斯的惨叫已经转变为愤怒的怒骂，然后——

"Scalp！"（斩）

充满杀意的呵斥对水银发出必杀一击的指令。

切嗣以逸待劳，迎接发出破空声急速杀来的银鞭。这次甚至不需要施展固有时制御，他和肯尼斯之间相距十多米远，有这么长的距离就足够了。

切嗣闪躲斩击的动作真是千钧一发，但是没砍到就是没砍到。水银刀刃切到的东西就只有稍微扬起的大衣衣摆而已。

虽然切嗣只看过一次月灵髓液的攻击，但是要看出它的特性并不困难。看似超高速的攻击，实际上却是十分单调的动作。

当水银变成长鞭形态的时候，只有根部的部分以极快的速度甩动长鞭，末端一点力道都没有。刀尖的威力与速度纯粹来自于离心力，像切嗣这种精于近身战斗的人轻易就能看出水银运动的轨道。这也是以压力操控水银的特性，只有体积较大的部分可以发挥足够的力量，愈靠近末端力道就愈弱。刚才从本体远远伸出进行侦搜的液滴动作不如斩击鞭灵敏，切嗣一看立即察觉了这个弱点。

不待敌人继续攻击，切嗣转身便跑。肯尼斯马上追来的话就好，如果他还有心先处理枪伤的话，就表示对他的刺激还不够。

这是切嗣第一次能够打穿防护膜，可能也是最后一次了。经历过威力更高于 Calico 冲锋枪的 Contender 攻击，月灵髓液的自动防护应该会变得更坚固。面对切嗣下一次攻击，它一定会使出连 Springfield 弹的破坏力都能防御的护壁。肯尼斯应该会动用他所有魔力，强化水银的防御。

"就是要他这么做。"

切嗣一边鞭策疼痛的身躯急奔，一边打开 Contender 的枪膛，抽出空弹壳扔掉。然后把为了现在这重要时刻而保存起来的魔弹装进枪膛内。

一定要让肯尼斯为了防护切嗣的攻击而使尽全身的魔力才行。就是为了这个目的，切嗣才会在第一次攻击使用普通子弹让肯尼斯知道威力，引诱他提高戒心。

如果一切都依照切嗣的推测进行的话——再过不久肯尼斯就会为自己挖出一个超大墓穴。接下来就看切嗣如何把他推进去，迅速把墓穴埋起来了。

魔术师杀手的"狩猎准备工作"现在可说进行得非常顺利。

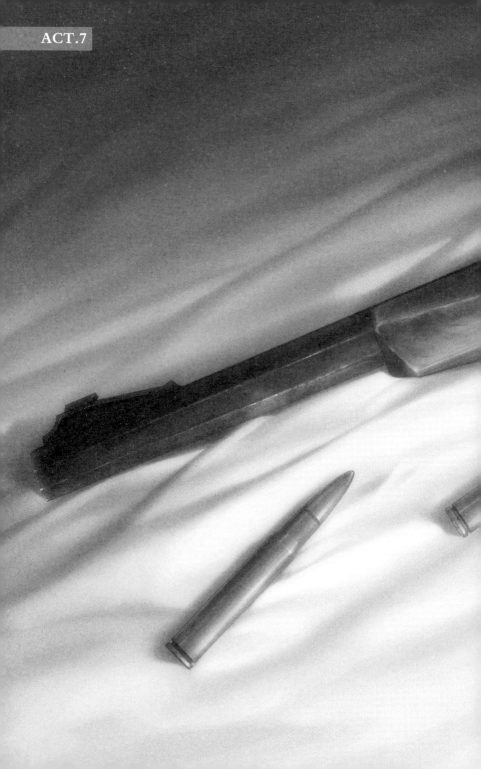

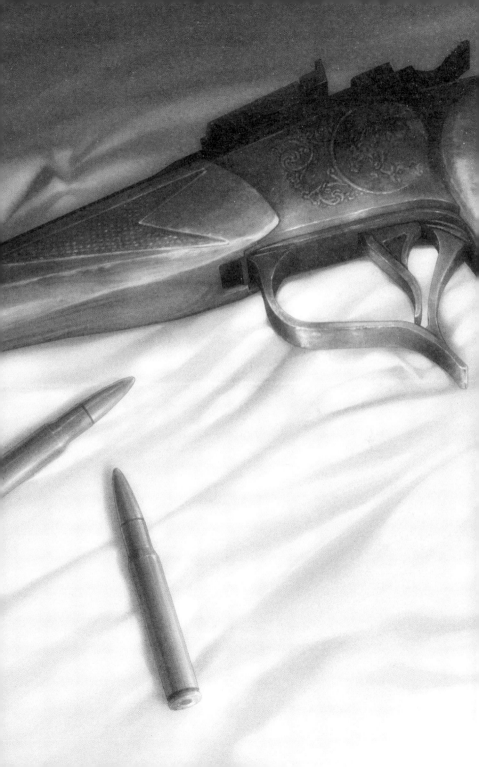

仔细一想，自爱莉斯菲尔踏上冬木之地以来，这是她第一次感到"不安"。

爱莉斯菲尔重新体会到总是随侍在侧的 Saber 那娇小身躯所散发出来的冷静自信与包容力让她多么地安心。

她并不是对现在代替 Saber 跟在身边担任护卫的久宇舞弥感到不放心。切嗣认定舞弥有足够的能力，她不会对这一点有任何怀疑。

那么心中这股奇妙的不安感觉又是什么？

自从离开城堡之后，在结界森林中行进的两人之间完全没有对话。舞弥看起来确实不像是喜欢闲话家常的类型，但是她那种完全的沉默也让爱莉斯菲尔觉得很有压力。

如果由我主动开口的话她会回应吗？就算试一试也没关系吧。两人已经来到远离战场的安全地带了，反正现在的状况也还没有紧张到必须要求绝对安静。

正当爱莉斯菲尔下定决心要开口的时候——她却不知道该聊什么事，喉咙又哽住了。

她想问的事情太多太多。舞弥与切嗣的邂逅，和他一起度过的回忆，由舞弥看来切嗣是什么样的人……每一件事她都好想知道，但是相反的，她也很犹豫该不该听这些问题的答案。

久宇舞弥很熟悉爱莉斯菲尔最陌生的那个卫宫切嗣。

如果从舞弥口中说出的回答太过骇人，粉碎了爱莉斯菲尔心中丈夫形象的话——

爱莉斯菲尔没有足够的根据可以否定这种可能性。因为对她来说，两人相见之后这短短九年的时间就是她心中切嗣的全部。

就在爱莉斯菲尔心中百转千回的同时，沉默的气氛依然不变。两人之间的气氛非常尴尬，但是舞弥完全不理会爱莉斯菲尔的心情，只是默默地踩着脚步前进。

"我还是不知道要如何和这个女人相处——"

就在爱莉斯菲尔垂首深深叹一口气的时候，有一道警报在她脑海中闪过。

"——？"

舞弥回头，带着疑惑的眼神看着停下脚步、浑身紧绷的爱莉斯菲尔。

"怎么了？夫人。"

"……又有其他入侵者出现了。正好就在我们前进的方向，再继续往前走就会碰上对方。"

这并不是什么意外之事。舞弥冷静地点头说道："那我们就绕路走吧。只要从这里绕到北边的话就安全了。"

"……"

使用远望魔术查出入侵者身形的爱莉斯菲尔看得出神，无法马上回应。

高大的威武身躯穿着漆黑的僧袍，剪得短短的头发与一张精悍的面孔。这张脸庞与切嗣收集的资料照片完全一样。

"……过来的人是言峰绮礼。"

当爱莉斯菲尔这句话说出口时，舞弥脸上露出的表情变化反而让她吓了一跳。

久宇舞弥是一个脸上总是一片森冷，面无表情，让人完全看不出有任何情绪的女性。爱莉斯菲尔还以为她的内心一定也像冰一般冷澈——

现在她第一次看到舞弥显露的"感情"中同时蕴含着焦虑与愠怒，神情虽然平静却又急切，隐隐可以看出不同于恐惧的危机感。她害怕的不是绮礼这个人，而是绮礼现在出现在此地的这件事。

就在爱莉斯菲尔看出这许多事的时候，她恍然大悟。不需要什么长篇大论，她突然明白了久宇舞弥这位女性的内心世界。

"舞弥小姐，切嗣给你的命令是要你保护我的安全对不对。"

"是的，可是——"

"可是什么？你是不是在想，绝对不可以让那个男人见到切嗣？"

爱莉斯菲尔露出促狭的笑容，点破舞弥的心思，果然让她无言以对。

"夫人，你……"

"真巧。我的想法和你完全一样呢。"

对切嗣来说，言峰绮礼这名男子将来很可能会成为他最危险的威胁。舞弥光是听到这个名字反应就这么大。

爱莉斯菲尔虽然生为人工生命体，但是坠入情网后成就这场恋爱而成为人母的她甚至已经获得一种人偶绝对无法理解，人类特有的超常感官能力——也就是"女性的直觉"。

"我们两人把绮礼挡在这里。这样好吗？舞弥小姐。"

舞弥犹豫了一会儿,带着微妙的表情点点头。

"非常抱歉,但是要请您做好心理准备,夫人。"

"没关系,不用担心我,你只要完成你的使命就好了。不是切嗣给你的命令,而是你自己觉得必须达成的使命。"

"是。"

虽然早就已经稍微察觉到了,但是正因为如此所以才害怕去确认。

现在爱莉斯菲尔明白了,明白自己之前一直躲着舞弥的理由……不是因为畏惧她,而是害怕自己察觉她的内心。

察觉到事实上心心念念想着卫宫切嗣的女人并不只有自己一个人。

身处在即将面临死斗的激昂感当中,爱莉斯菲尔忍不住愉快地笑了出来。手中提着 Calico 冲锋枪的舞弥讶异地侧眼看着她。

"……怎么了?"

"人心真是不可思议呢。"

如果是为了切嗣,可以不惜赌上性命。除了自己以外还有其他人也有相同的决心。

之前这个答案还让她那么害怕不安。可是现在——这件事实却让她觉得非常放心。

对言峰绮礼来说,想要推测出艾因兹柏恩阵营可能选择的下一步行动并不是多困难的事。

其他召主全部都以 Caster 为目标,而 Caster 又把目标放在 Saber 身上。不需要多做无谓之举,最佳的战略就是做好万全的迎击准备,在阵地中守株待兔,等待敌人袭击。

只要这样一想，根本不用费心去找他们的所在地。冬木市郊外的艾因兹柏恩森林——他们没有理由不利用那里。绮礼认为卫宫切嗣一定也在那座森林里面。

　　绮礼当然完全不打算在战斗中插上一脚。森林东边成为战场的几率很高，来自冬木方面的敌人一般都会想到由那个方位攻过来。

　　所以绮礼守在西侧的森林外，等待战端开启。当战斗依他所预料在东边展开的时候，他要赌赌看有没有机会从战场背后出其不意地袭击城堡。

　　绮礼事先已经派遣灵体化的Assassin进入森林里进行斥候。依靠Assassin气息遮蔽的技能就能相当深入结界内部而不被察觉。想要靠近城堡当然还是不可能，但是可以监视森林外缘的状况。

　　不出所料，Caster与Saber在森林东边发生冲突，而且运气更好的是艾因兹柏恩只派出从灵应战，召主本人采取守城不出的态势。每一件来自Assassin的报告都是对绮礼有利的好消息。

　　如果卫宫切嗣真的被艾因兹柏恩雇用担任猎犬的话，那么他现在一定是在保护与从灵分开而毫无防备的召主。现在正是瓮中捉鳖的大好良机。

　　接着当绮礼收到Assassin的警告，听说艾梅罗伊爵士也往城堡前进之时，他还是没有犹豫，反而还有些焦急。要是卫宫切嗣死在肯尼斯的手下，绮礼的目的就落空了。为了要和切嗣见面，绮礼抱定不惜和肯尼斯一战的觉悟，快步在森林中前进。

　　另外，依照战况的演变，切嗣也有可能为求脱身而放弃艾因兹柏恩城。这时候他当然会选择往从灵正在进行战斗的东边完全相反的方位寻求退路，到头来还是有可能与绮礼打上照面。

为了预防万一，绮礼一边快速前进，一边准备好随时应战——所以他才能对这突如其来的杀气灵敏地作出反应。

绮礼迅速蹲下身子，枪林弹雨发出轰然巨响，在他头顶上扫射而过。如果在出其不意的状况下遭受全自动射击的强大火力攻击，就算是再老练的士兵有时候还是会战意受挫而被失去判断能力，但是圣堂教会的代行者却是例外。绮礼不慌不忙，冷静判断状况。

敌人只有一名。由枪声的音质听起来是九毫米以下的冲锋枪。手枪子弹欠缺贯穿力，力量不足以打穿树干，所以在森林中的危险性比突击步枪还低得多。

绮礼从枪声发出的方向抓出敌人的位置，射出两支黑键，可是却没有自己预期一般射中对手，只听见剑刃刺进树干的闷响而已。

"……嗯？"

锐利的杀气又从疑惑的绮礼侧面刺过来。

从左手边又传来枪声。虽然绮礼又在千钧一发之际闪开，但是这次的状况比刚才的枪击还要惊险。之前判断敌人只有一名让他的反应稍稍有些迟钝。

但是实在奇怪。

两次射击的位置完全不同，对方的移动速度太快了。但是如果打一开始就有两名枪手的话，应该会互相配合时机，采用交叉攻击的方式确实狙杀绮礼才对。

绮礼心中带着不解的疑问，这次又再感觉到四道气息。他的左右手立刻各取出两支黑键，一共四支。同时另一道直觉在他脑海里闪过。

"这应该是——幻觉？"

这并不是不可能。绮礼已经来到森林结界中相当深的位置了。如果结界的组成中设有幻惑魔术，附近又有能够操作魔术的术者在的话，就能够针对绮礼个人扰乱他的感官能力。

看不见的狙击手果然只有一个人吗？如果只有一个人，那么操作幻术的也是他吗？还是说另外有人负责支援……

不管如何，在找到突破术法的线索之前只能随着敌人的步调起舞了。绮礼举起四支黑键，迅速朝着四方气息连续掷出。

——四支黑键果然都没有击中目标。

就在绮礼因为事态陷入胶着而烦躁时，枪弹雨直接击中他的背后。

第三次射击连一点气息也感觉不到，之前的两次攻击反而是欺骗绮礼的虚招。如果这道幻术能够演出杀气欺敌，应该也可以掩饰真正的杀意。

穿着僧袍的高大身躯哼也不哼一声，双脚一拌，仰天倒下。没有痉挛也没有痛苦的呻吟。

应该是依照计划射穿脊椎当场死亡了吧——舞弥这么判断，从狙击位置站起身，手中的 Calico 冲锋枪对准仰躺的绮礼，小心翼翼向他靠近。

"舞弥小姐，不可以！"

爱莉斯菲尔马上看出这是陷阱，对舞弥发出念话警告，但是这时候已经来不及了。

仰躺的绮礼没有起身，只有手臂一摆，射出一支暗藏的黑键。低轨道射来的黑键割伤舞弥的右脚小腿，让她错失进行下一步动作的时机。

绮礼高大的身躯如同弹簧机关似的弹跳而起，朝着舞弥猛冲过去。舞弥毫不畏惧，举枪便射。

但是绮礼连躲都不躲，只是用双手挡住头脸。立领僧袍到袖子的部分都是以克维拉纤维制作，而且还在衣服里边紧密地加上一层教会代行者特制的防护咒礼。如果是九毫米口径的子弹，就算在最近距离也不可能打穿。即使如此，一秒钟两百五十英尺十连击的动能仍然像金属球棒的猛力敲打般连续痛击绮礼的身躯。但是他锻炼到极致的筋肉就像是铠甲一样，完全保护骨骼与内脏免于受到冲击力的伤害。

发现绮礼全身都穿着防弹衣，舞弥立刻扔下手中的Calico冲锋枪，从大腿侧拔出一把蓝波刀。克维拉纤维有一种特性，虽然耐枪弹，但是对于刀刃的切割却极为脆弱。既然枪战不管用的话，那就从近身战中寻找生路。

待枪弹攻击停歇，绮礼两手又各自抽出一支黑键，从左右两边画出一道十字向舞弥砍去。舞弥不让受伤的右腿受到负担，用宽厚的刀身格开黑键的连击。

黑键的剑身虽然远比蓝波刀长，但毕竟是专门用来投掷的兵刃。在近身战当中，黑键因为剑柄极端短小而欠缺平衡，舞弥的大型刀在灵活度方面反而占有压倒性的优势。

"有机会！"

舞弥以半舍身的气势猛扑上前，在这种距离之下黑键应该很难防守，就算遭到反击而被砍伤，受到重伤的可能性也不高。

面对舞弥右手的尖刀，绮礼同样也以右边的黑键应付。他可能是想靠修长剑身的攻击距离反击，剑身与蓝波刀轻擦而过，直刺过来。

对舞弥来说，她早已料到有此一手，想要闪躲轻而易举。只要稍微侧过头，闪过黑键的剑尖，就可以一举直接冲进敌人的怀里。

可是就在舞弥即将确认自己打赢的时候，绮礼却做出意想不到的行动，让她大吃一惊。

双方的右手就像是拳击中的交叉反击一般彼此交错——但是绮礼应该握着黑键短柄的右手却是空的。在突刺到一半的时候，他放开了手中的武器。

也就是说绮礼的右手打一开始就不是要用黑键刺杀舞弥——

筋骨结实的有力手指，缠上舞弥的右手腕。

昂然挺立的修长黑袍身躯像条蛇般揉身一弯，就这样穿过舞弥的右臂下方。下一秒钟，绮礼用一种类似让负伤者搭肩的姿势把舞弥的右手背在肩后。

在无力回天的致命绝望感之中，舞弥发觉自己被对方是使用黑键的代行者这点先入为主的观念给欺骗了。这个动作是中国拳法八极拳中的——

就在绮礼侧边的身躯紧靠在舞弥腰际的同时，他的左手肘在舞弥的鸠尾处一撞，同时左脚用力扫开舞弥支撑重心的腿。

这一招"六大开·顶肘"使得干净俐落。从绮礼抓住舞弥持刀的手腕之后，所有动作都在瞬间一气呵成。正是八极拳的最高境界，攻守一体的套路。

舞弥被狠狠砸到地上，根本无法采取防御姿势。过于强烈的冲击力道让她陷入仿佛四肢全部都从根部被卸下来的错觉，全身麻痹无法动弹，只有胸口受到肘击冲撞的剧痛直冲脑门。肋骨肯定被打断了两三根。

仅仅一招，绮礼只用一招就让久宇舞弥陷入无法战斗的状态。既然已经知道卫宫切嗣的所在位置，现在的他对舞弥没有一丝执着。为了迅速挥下最后一击，绮礼握紧拳头——就在此时，他看见了一件事情，让他怀疑自己的眼睛是否出了问题。

舞弥同样也感到又惊又慌。在和绮礼决斗之前，她已经和爱莉斯菲尔说好，要爱莉斯菲尔自始至终躲好不要出来，专心进行支援工作。而她——除了使用魔术之外应该没有其他任何战斗手段的爱莉斯菲尔却从树木之后飘然现身，与言峰绮礼面对面。

"夫人，不可以！"

舞弥绝对想不到现在自己脸上的表情有多么惊恐又慌张。对她来说，爱莉斯菲尔陷入危机比自己面临生死险境更加严重。

现在的切嗣如果遭逢丧妻之痛的话——对一个誓言保护切嗣的人来说，再也没有哪种危机比这件事情更加绝望。

绮礼自己也对眼前的状况有些难以理解。

魔导家族艾因兹柏恩因为太过专精于炼金术而不擅长战斗技术，这是众所皆知的事情。因为北方魔术师一门在实战里相当软弱无力，所以三次圣杯战争都被迫在初期就淘汰出局。招揽那名叫做卫宫切嗣的佣兵应该也是源自于过去那些屈辱回忆的深刻反省才是。

现在这个女性护卫已经倒地不起，艾因兹柏恩的召主怎么可能亲自现身阻碍绮礼的去路。

绮礼现在这时候还是认定在他面前的银发女子才是 Saber 的召主，所以他也认为如果这名银发女子丧命的话，同时就代表艾因兹柏恩阵营落败。

这个女人应该是不惜牺牲任何代价都要逃出生天的帅棋才对。

"女人，你可能会觉得很意外，不过我来此的目的不是要杀你。"

这段发言等于是在敌方召主面前放弃战斗，绮礼也不认为对方会相信。明知枉然，他还是尝试进行交涉。现在的状况与他的期望相差太多，在战场上与卫宫切嗣相见，这才是他的目的。和这个主旨比起来，圣杯战争的战况胜负只是其次而已。

当然，绮礼并不期望对方会听信自己这番话——

"我当然知道，言峰绮礼。"

就是因为绮礼不抱有任何期待，银发女子的回答更让他一头雾水。

"我很清楚你的目的是什么，但那是不可能的。你绝对无法走到卫宫切嗣身边……我们俩会阻止你，就在这里。"

"……"

爱莉斯菲尔把高大代行者脸上的疑惑表情看作是事态有利于己的象征。对手显然小看了她的能力，敌人的粗心大意就是己方的机会所在。绮礼恐怕是根据艾因兹柏恩家的魔导特性判断她是没有能力直接战斗的魔术师吧。

爱莉斯菲尔抽出藏在大衣袖口中的"兵器"。那东西乍看之下可能一点都不像凶器，只是一件无啥威力的玩意儿。在她五指之间张开的是一团又细又柔软的银丝线。

"夫人，这个男人是代行者——是猎杀魔术师的高手！普通的魔术是奈何不了他的！"

舞弥跪在地上，忍着痛大声喊道。爱莉斯菲尔对她微微一笑。

"我从切嗣那里学到的东西可不是只有开车技术而已喔。"

在哑然无言的舞弥以及带着怀疑眼神的绮礼面前，爱莉斯菲尔把魔力灌注在银丝线上。细长的金属线圈马上松开，开始像生物一样在她五指间的空隙流动。

绮礼的认知只有一半是正确的。爱莉斯菲尔继承的家传魔术确实都是物质的炼成、创制以及相关的应用技术，她几乎完全不懂任何可以直接造成伤害或是破坏的术法，而切嗣也没有教导她攻击用的魔术。再者说到魔术师的位阶，事实上爱莉斯菲尔的位阶比丈夫还要高段，切嗣不可能成为她魔导方面的导师。

切嗣教给爱莉斯菲尔的是一种不同于人偶的生活方式。哭泣、欢笑，以生命讴歌喜悦与愤怒——他教给爱丽斯菲尔"活着"这句话真正的意义。

而这些指导同时也让爱莉斯菲尔学到"生存"的意志决心。

绮礼的认知只有一半是错误的。爱莉斯菲尔已经学会如何应用她既有的魔术当作攻击手段的"战斗方式"。这是她从大半生在战场上度过的丈夫背影所学习到的东西——她学到如果希望与丈夫一同"活下去"的话，总有一天必须和他共同面对"求生"的挑战。

"Shape ist leben!"（形骸啊，获得生命！）

短短两小节的咏唱一口气完成魔术。贵金属的形态操作是艾因兹柏恩家的拿手绝活，这项秘迹是其他人都难以望其项背的。

银色的丝线往来纵横，画出弧形，形成复杂的轮廓。彼此缠绕、纠结，就像是编织藤器一般形成一件复杂的立体物。威风凛凛的双翼与尖喙，还有带着尖锐钩爪的脚。精制的银丝作品仿制出一只巨大的雄鹰。

不，那不光只是模仿外形而已——

"Kyeeee！！"

银丝雄鹰发出如同金属刀刃彼此摩擦的尖锐鸣叫声，由爱莉斯菲尔的手臂展翅腾空。这是炼金术所创造的速成人工生命体，爱莉斯菲尔现在面对生死关头，把生命寄托在这件"武器"上。

雄鹰飞翔的速度快如子弹，远远超过绮礼的想象。他立刻扭转身子，勉强躲开。剃刀般锐利的尖喙正好擦过鼻尖。

第一次攻击一击不中，银丝雄鹰马上在绮礼的头上盘旋。这次它张开双脚的钩爪急速抓来，对准绮礼的脸部。但是代行者也不是只守不攻，他不畏锋锐的钩爪，使出里拳奋力一挥，想要击落雄鹰。

急速冲下的雄鹰已经无法改变轨道，铁拳正中飞鹰的腹部。

"唔！？"

可是发出惊讶呼声的人却是绮礼。拳头打中的瞬间，飞鹰的身躯同时一扭，恢复成不定型的银丝线。这次却像是爬藤般缠住他的右拳。

绮礼马上想要用左手扯开，反而连左手都被银丝线卷了进去。银丝线刚才还以飞鹰的形态在空中翱翔，现在却像是手铐一般紧紧绑住绮礼的双手。

"……哼。"

但是绮礼可是过去曾经与众多魔术师经历生死激战的老练战士。他只冷哼了一声，突然朝爱莉斯菲尔猛冲过去。只不过是双手被封锁而已，没什么好怕的。只要靠近她的身边给她一脚就可以结束战斗。

"你太小看我了!"

爱莉斯菲尔大喝一声，在银丝线中贯注更多魔力。一撮银丝从线团中解开伸出，这次又像是长蛇般在空中疾飞，缠上附近一棵树的树干。

绮礼也抵不过这招。在他失去平衡脚步踉跄的时候，银丝线在树上愈缠愈多，把他拖了过去，最后终于将他的双手紧紧绑在树干上。

那是一株树干有三十多厘米粗的大树。就算绮礼使出他的怪力也不可能折断这棵树或是把树木连根拔起。这次他真的被绑得完全无法动弹。

但是即便如此，爱莉斯菲尔还是差点屈服在他的腕力之下。她本来打算利用银丝线的压力绞烂绮礼的双手。可是锻炼得如同钢铁般的筋骨真是超乎想象地强健，她的金属丝线绷到极限，几乎已经到随时可能断裂的地步。为了不让丝线断掉，爱莉斯菲尔必须持续发动她所有的魔力强化金属，继续保持绷紧的状态。

"……舞弥、小姐……动作快!"

现在手中掌握胜利机会的人——是还趴在地上的舞弥，只有她才能杀死无法动弹的绮礼。不用靠近到对方踢击所及的范围，只要把子弹射进那毫无防备的头颅里就可以了。现在绮礼无法像刚才一样用防弹衣的袖子保护头部。

虽然时间还没过多久，不过舞弥也已经逐渐恢复，双手双脚又有感觉了。即使断折的肋骨让她痛得忍不住发出呻吟，她还是缓缓在地上爬行，逐渐靠近扔在地上的Calico冲锋枪。

决胜关键就在这几秒间的耐力比拼——爱莉斯菲尔一边咬紧牙根忍住魔力回路的疼痛，一边这么想着鼓舞自己。

只要让金属丝线的耐力维持到舞弥捡起枪开火就可以了。这么一来就可以除掉言峰绮礼，除掉切嗣最大的威胁……

两位女性在这时候可以说仍然错估了圣堂教会的代行者有多么恐怖。

爱莉斯菲尔不懂关于中国拳法的知识，也难怪她会直接判断只要把绮礼的双手捆在树上就可以让他瘫痪。但是已臻化境的拳法家全身上下都是凶器。比方说，绮礼的两只脚光只是沉稳地踩在地上……

磅地一声震耳巨响让爱莉斯菲尔一阵错愕。

困住绮礼的树干剧烈摇晃，就像是被人使出浑身力气打了一记正拳一样。的确，如果在树干中心使劲一打的话，可能确实会发出刚才那种惊人的巨响也说不定。

第二次巨响再度传出。爱莉斯菲尔很怀疑这次自己有没有听错，她听见树干裂开的声音，让她感到背脊发冷。

虽然无法以肉眼看到是什么状况，但是操纵银丝线的爱莉斯菲尔经由触觉知道发生了什么事。现在绑住绮礼的树干裂开一条大缝，正好就在银丝线缠绕位置的附近——也就是绮礼双手的下方。

绮礼的手背紧靠在树皮表面，用浑身的力气一拳一拳打在树干上。

爱莉斯菲尔并不知道——拳法家的拳击不是只靠手腕的力量施展。在双脚踩踏大地的力道加上腰部的回转以及肩膀的扭动，等于是把全身的瞬间爆发力全部聚集在拳击面上。如果是已经练就这套功夫的人，最后手臂到肩膀之间的运动效果和全体能量比起来只是一小部分而已。必要的话，在拳头和目标紧密贴合的状态下，只利用手腕以外部位的"劲道"发挥出足够的打击力也不是不可能。这也就是俗称为"寸劲"的绝招。

第三次的打击音响遍森林，这次树干发出的悲鸣声更加响亮。还没断裂的剩余树木纤维因为自身的重量啪拉啪拉地折断，原本当成金属线支撑点的树木轰然倒地。绮礼若无其事地把金属线圈从断折处拔出，用两手手指抓住丝线，一截一截地扯断。

术法被破解的反击力道使得爱莉斯菲尔陷入一阵强烈的虚脱感，当场跪了下来。绮礼就在两位女性绝望眼神的注视下，踩着胜利者的从容步伐先舞弥一步走到她想要捡起的Calico冲锋枪旁边，用如同铁槌般的脚跟把树脂制作的枪身踩得粉碎。

"你……"

舞弥现在还是趴在地上站不起来，口中发出深恶痛绝的呻吟声。绮礼百无聊赖地横了她一眼之后，随随便便用脚尖在她的腹部踢了一下。舞弥发出如同哽咽的闷哼之后倒地，再也不动了。

欠缺一切表情的冷淡眼神这次落在爱莉斯菲尔的身上。

−130：32：31

怒火就像是灼人的硫酸一般，缓慢但确实地腐蚀着肯尼斯的内心。

他是一流的魔术师，照理来说绝对不会因为流于感情而失去冷静，面临正式竞争的时候更是如此。

事实上，如果这场战斗是一流魔术师彼此使出浑身解数决斗的话，肯尼斯可能还不会这么生气。他会对竞争对手的技术感到赞叹与敬畏，冷静评估敌人的真正实力，全心全意施展适合的魔术回敬敌人的秘术。像这样高贵而有尊严的绅士竞赛才是肯尼斯所熟悉的"战斗"。他是以获得圣杯的权利为赌注，为了与远坂时臣、间桐脏砚以及其他四名竞争对手彼此较量，才大老远来到这个位于远东地区的偏僻国家。

可是——右肩洞穿的伤口刺激他的痛觉神经。就像在嘲笑、羞辱肯尼斯一般，不断作痛。

这道伤口不是因为战斗而受的伤。那种行为——断不能称之为"战斗"。

这就像是一脚踩破腐朽的地板一样；就像是打翻了正在煮东西的锅子一样；就像是有泥巴正好溅到自己最漂亮的衣服上一样。

对方是一只甚至不配称之为敌手的胆小蝼蚁，看见他都让肯尼斯觉得污了自己的眼睛，只是一堆让人感到不快的垃圾。

赌上艾梅罗伊爵士的尊严，他绝对不会把那种东西视为"发怒"的对象。

这些只不过是琐碎小事而已，就像是被野狗咬到一样的小事。

单纯只是因为事情进行得不顺利而已，只要把那当成运气不好一笑置之就可以了。

即使肯尼斯这么告诉自己——肩膀上的伤口还是不断发出悲鸣。灼热的剧烈刺痛折磨、啃食着他的自尊。

肯尼斯苍白的脸庞就像带了一副能剧面具一样面无表情。既没有愤怒的咒骂，也没有悔恨的咬牙切齿。就旁人的眼光看来，那绝对不是一张"正在生气的人"的表情。

没错，肯尼斯并没有怨恨任何人，他的愤怒完全是朝向内在。事态超出自己的掌握，他只是对这种不可能发生的异常状况感到怒不可遏而已。

"不可能——"

无从发泄的怒气转变为破坏冲动，传达到月灵髓液。水银刀鞭在周围走廊的墙壁上乱切乱划。

"像那种下贱的人渣竟然让我流血……不可能！怎么可能有这种事！"

肯尼斯就像是梦游一样，踩着摇摆不定的步伐追击逃跑的卫宫切嗣。只有不定型的水银团块跟在主人身边大肆逞凶，仿佛在代替主人表达心中的怒意。

挡住去路的门扉不是用推开的，而是利用水银的重量打得粉碎。

花瓶、绘画、华美的家具等等，触目所及的所有装潢品全都切断，彻底破坏。

途中还有许多陷阱。每当肯尼斯毫无防备的脚尖勾到钢丝或是踩到地毯底下的信管的时候，事先装设好的手榴弹就会爆炸、地雷洒出漫天砾弹。瞬间扩散开来的水银防护膜屡屡轻松挡下所有攻击。

对方设下的陷阱就像是骗小孩的玩具，滑稽的程度就连肯尼斯都要为之发噱。但是当他嘲笑对方的同时，也等于在嘲笑自己因为这种骗小孩玩意儿而轻易负伤。

自嘲之意就像是一把剃刀，割伤肯尼斯的自尊。这样的屈辱更进一步撩拨他心中的怒气。

艾梅罗伊爵士引以为豪的礼装不应该用在这种愚蠢的胡闹行为上。他的水银应该是用来抵挡咒弹、弹开灵刀、突破魔术火焰、寒冰或是雷击的武装；应该是让那些与他为敌的魔术师惊叹，教那些人心中对肯尼斯感到敬畏，同时给予他们死亡的秘术才对。

但是现在他怎么会落到这步田地？

他动用自己自傲的礼装在追逐的是一只连名字都不知道的鼠辈……随着时间一分一秒过去，他的屈辱感愈来愈强，肩膀上的伤口也愈来愈痛。

歇斯底里的情绪不断重复恶性循环——不过结局也已经近在眼前了。

就算这座城堡再大，当对手向楼上逃逸的时候，退路就已经受到限制，该死的老鼠终于被逼到三楼走廊的尽头。先一步在肯尼斯前面行动的水银侦察这次确实掌握到敌人的位置，目标似乎已经放弃逃跑，停在原地不动。他可能是打定主意，想要在那里和肯尼斯进行最后的对决吧。

对决——肯尼斯的脑海中浮现出这个名词，让他不禁发笑。

看来敌人还没放弃。原来是这样，他曾经一度让肯尼斯受伤，如果这种侥幸机会还能发生第二次的话，或许就有机会取胜。对方是抱着这种置之死地而后生的想法决心一战吧。

"愚蠢小人……"

肯尼斯嘴角因为冷笑而吊起，低声自语。

那只老鼠能够从肯尼斯手中抢下一招不是因为临机应变的战略，也不是有什么奇招妙计。单纯只是因为一种名为异常的偶然罢了。肯尼斯有必要让他了解这其中的差别。

这不是对决，而是处刑、是虐杀。

肯尼斯浑身充满残忍的杀意，与自己的礼装一起转过最后的转角，踏进那条封闭的走廊。

几乎与原先设想的状况一样，卫宫切嗣第三次与肯尼斯·艾梅罗伊·亚奇波特对峙。

两人相距大约三十米，走廊宽约六米多。没有遮蔽物，也没有退路。

根据切嗣的估算，肯尼斯的月灵髓液大约在七点五米以内的距离可以发挥出最致命的速度与威力。在他靠近到这段距离之前，攻击主动权都掌握在切嗣手上。

左手——第二次替换的螺旋弹匣之内，五十发九毫米子弹正蓄势待发。

而在他的右手握的是礼装特装型 Contender。仅只一发的弹药已经装入切嗣的王牌"魔弹"了。

看到切嗣既不害怕，也不出声讨饶，只是手持两支手枪默默伫立的模样，肯尼斯的表情极为痛恨地扭曲着，撂下讥嘲的揶揄话语。

"你该不会以为刚才那招还会管用吧？贱人。"

当然不会管用，要是真有用的话就麻烦了——但是切嗣当然不可能透漏丝毫讯息，他必须要让肯尼斯以为他只会重复同一招，使用和刚才一样的攻击方式。

"我不会这么轻易杀死你。我要一边让你的肺脏与心脏再生，一边从脚尖开始剁碎你。"

肯尼斯一边阴恻恻地吼道，一边缓缓往切嗣走来。在他身旁滚动的月灵髓液仿佛在恐吓切嗣一样，无数长鞭前后伸缩，锐利的鞭刃摇摆不停，十分吓人。

"你就带着悔恨、痛苦与绝望去死，然后在断气之际尽量诅咒吧！诅咒你那胆小如鼠的雇主……诅咒那个玷污圣杯战争的艾因兹柏恩召主！"

非常好——耳边听着肯尼斯的处刑宣言，切嗣在心中暗笑。他之前拟定的交换召主身分的计策似乎毕竟还是有效的。

距离十五米。要动手的话就是现在。

切嗣首先用左手的Calico冲锋枪全自动连续射击，让九毫米子弹的弹雨对步步进逼的肯尼斯飞去。这一招完全重演一楼走廊时的奇袭，是用来诱发月灵髓液自动防护的牵制攻击。这只是虚晃一招，目的是为了让水银防护幕延展开来，厚度薄到无法抵挡接下来Contender的攻击。

艾梅罗伊爵士当然不会再上同样的当。

"Fervor，mei sanguis"（沸腾吧，我的热血）

　　水银的防护形态立即发动，但这次却不是形成薄膜状。月灵髓液跳到主人面前，说时迟那时快，由地板向天花板一口气竖起无数根倒刺。这些刺就像是一片浓密的竹林般隐藏肯尼斯的身躯，同时完全挡住飞来的子弹。

　　如果不是火炎或是喷雾攻击，就不一定要用薄膜形态防御。子弹这种东西只要直线前进的轨道被阻断的话就无法达到攻击作用。那么只要用一根"柱子"就足以防御了。

　　像这样把水银展开成剑山形状所需的魔力当然不是单纯的薄膜状形态所能相比的。肯尼斯必须要让每一根绞得像钢线一样细的倒刺都具备足以挡住子弹的坚硬度与韧性。这次的自动防护是动用肯尼斯所有魔力而形成的。刻在他双肩上的亚奇波特家传承的魔术刻印让通路运转到极限，激烈的疼痛折磨着主人的肉体。

　　但是这次的防御绝对是铜墙铁壁。

　　子弹被银色剑山所阻，一边发出震耳欲聋的金属声响一边在倒刺的间隙之间反复跳弹，丧失力道掉落在地上。没有一发子弹碰到肯尼斯的身躯。

　　切嗣右手的 Contender 紧接着发出怒吼声。这一枚单发子弹的破坏力之强更远胜九毫米子弹，之前首次打穿月灵髓液的护壁，让肯尼斯惨亏受创。

　　但是剑山状的水银在自由度上远远超出薄膜形态。

　　在那必杀一击碰触到银色倒刺的瞬间，其他所有倒刺就像是捕蝇草般收拢，一齐把子弹包裹起来。密不透风的尖细倒刺在刹那间变化成为一根粗大的柱子，封杀点 30-06 Springfield 弹。

这一招彻底展现出月灵髓液变化自如的优点。这种流体操作魔术的手法既精密又完美，当可堪称是不辱名门亚奇波特家名的极限绝技。

就在艾梅罗伊爵士成功施展出这招穷究精神力与技巧的完美魔术的瞬间——他的命运也已经走到了尽头。

× × × × × × × ×

就算是缔结过契约的召主与从灵，想要从远方传达意念还是需要依靠念话或是类似的通讯手段。

不过召主与从灵以令咒连结在一起，只要有任何一方面临攸关生死的险境，另一方立刻就可以借由气息的紊乱察觉到。

因此身在森林中的 Lancer 也马上感觉到肯尼斯遭遇危险。

"什么——？"

就在 Lancer 击破 Caster 的怪魔大军，正要与 Saber 联手收拾仇敌的这个时候，他抬头往艾因兹柏恩城的方向望去，一动也不动。Lancer 此时才发现，本以为在后方监视自己战斗的召主，其实已经先一步闯进敌营中，挑起另一场战斗。

Lancer 的动摇对于已经走投无路的 Caster 来说简直就是求之不得的可乘之机。

Caster 手中已经完成再生的《螺湮城教本》迸射出魔力奔流，Saber 当然不会眼睁睁看着魔术师施展咒文。

"还在做垂死的挣扎！"

Saber 用右手举起宝剑向 Caster 冲过去，想要在咒文施展之前砍杀敌人。

可是 Caster 也没有傻到用咒文与长剑比快。他连一小节的咒文都没有咏唱，只是让宝具产生的大量魔力恣意爆发而已。

虽然刚才的召唤魔术已经失去作用，但是染红整片大地的血水滩还残留着魔力通路。不受控制而任意喷发的魔力流进血糊的成分里，没有产生任何作用，就这样直接在血水中破裂。

转眼间，黝黑的血雾笼罩整片森林。

"呜……"

在踏入长剑可及的距离之前视线就被遮蔽，就算勇敢如Saber 也不敢轻举妄动而停下脚步。

Caster 原本就没有打算要念完咒文，只是故意让一定会失败的术法强制发动而已。在这种局面下他只需要这样做就够了。血液虽然不能成为召唤兽，但还是因为饱和的魔力在一瞬间沸腾，气化为雾状扩散到四周。因为 Caster 拥有宝具供给的庞大魔力，才能使用这种夸张的伎俩。

他的目的就是——掩盖视线的烟幕。

就算 Caster 再怎么自信心过剩，他也认为这种局面不可能反败为胜吧。趁着血雾遮蔽 Saber 与 Lancer 视线的当下，魔术师从灵立刻解除实体。面对三大骑士属性的其中两人，他连撂下两句狠话的时间都没有。化为灵体的 Caster 强忍着愤怒与屈辱，赶紧头也不回地离开战场。

对 Caster 来说，侥幸的是 Saber 无法和他一样化为灵体继续追踪，而且能够灵体化的 Lancer 又因为召主陷入危险而无暇他顾。

"可恶……卑鄙无耻的小人。"

Saber 口中烦躁地低声说道，将周围的大气召进"风王结界"当中。清净的风立刻由四方吹来，吹散污秽的血雾。等到宝剑再次隐没在无形防护之下，两名从灵的视野恢复的时候，别说是看到 Caster 的身影了，就连灵体的气息都已经消失得无影无踪。

"Lancer，怎么了？"

Saber 没有逼问 Lancer，只是语气平静地问道。如果 Lancer 有心要追 Caster 的话，现在早就已经追上了，但是他却白白放任 Caster 逃脱。只要看见他脸色大变的表情就知道一定发生了什么事情。

"吾主现在正遭遇危险……看来他把我留在这里，自己攻入你们的大本营了。"

Lancer 的语气很为难。Saber 也马上明白究竟发生什么事，心中一片苦涩。

"到头来……所有的一切都还是在切嗣的掌握之下。"

Saber 感到很无奈。虽然她无意否认奇策谋术的必要性，但是切嗣所设下的冷酷陷阱无论如何都和骑士王在战场上坚信不疑的理念背道而驰。

"那一定是我的召主造成的。……Lancer 你快去，去救你的主子吧。"

听见 Saber 毫不犹疑的催促，Lancer 先是露出惊讶的表情，然后感佩至极地深深垂下头。对 Saber 来说，她的判断显然等同于背叛主人。想要打赢圣杯战争的话，把 Lancer 挡在这里，争取时间等他的召主丧命才是更合理的选择。

但是照这样说的话，Lancer 和 Caster 战斗其实也没必要特地帮助 Saber 脱困。他不认为自己的决定很愚蠢，所以现在选择放行的 Saber 当然也不会是愚不可及的人。

"骑士王，感激不尽。"

"没关系。我们曾经发誓要以骑士的身分光明正大一决胜负。让我们共同贯彻这份尊严吧。"

Lancer 无言颔首，变成灵体消失。他就这样化为一阵旋风，朝着森林深处的城堡疾驰而去。

× × × × × × × × ×

当上一代的卫宫家人为刚出生的长子判定"起源"时，曾经对那奇特的判定结果感到不知如何是好，但还是将婴儿取名为"切嗣"。

大分类上属于"火"与"土"的双重属性，细部则是"切断"与"结合"的复合属性。这就是这孩子与生俱来的灵魂形态，也就是"起源"的表征。

切断之后再接续起来——如果要称之为"破坏与再生"，在意义上又有些不同。那是因为切嗣的起源没有"修复"的意思。比方说丝线被切断之后再绑起来，只有打结处粗细不同，这意味着"切断之后再接续"的行为会使对象物发生不可挽回的"质变"。

每当切嗣遇到要求手工精细的工作时，他更能深刻体会自己的起源。总而言之，切嗣的双手可以算得上灵巧。如果是简单的道具，就算坏掉也能很快修理好。可是如果换成精密机器的话，事情就会发生一百八十度的转变。他愈是下功夫想要修理，愈会让那台机器遭到致命性的损坏。

简单说来，切嗣的手工虽然迅速但是却很粗糙。如果只是一条电线，只要把断线的部位接起来就可以让原本的机能恢复。但是如果想要以同样的方式修理精密的电子回路，就有可能造成无可挽救的结果。精密的电子回路不光只是接起来就可以，如果线路接得乱七八糟，回路同样也会失去机能。

原因不只是因为切嗣的性格或是资质。以魔术的观点来看，那是深植于灵魂深处的本质。

在制作自己的礼装时，卫宫切嗣彻底活用自己那与生俱来，极为特异的"起源"。他腹侧的第一二对肋骨左右两根都已经摘除了。取出来的肋骨磨成粉末之后以灵学工程凝聚起来，封入四十九发子弹内当成芯材。

这种子弹会让切嗣的"起源"显现在"被击中"的对象身上。比方说如果子弹打在生物身上的话，既没有伤口也不会出血，但是中弹的部位会变成像是坏死的旧伤口一样。那是因为表面看起来伤口已经愈合，但是神经或是微血管并没有复原，失去了原本的功能。

这种子弹也是一种概念武装，对魔术师来说是更可怕的威胁。

四十九发子弹当中，切嗣已经用掉三十七发。但是这三十七发子弹没有一发被白白浪费，切嗣自残身躯所制成的子弹在过去已经彻底毁灭了正好三十七名魔术师。

而现在第三十八发"起源弹"又断绝了另一位被害人的命脉。

想必肯尼斯一定到最后都不明白自己身上究竟发生了什么

事，那是因为当剧痛冲过全身的那一瞬间，他的心肺机能与神经脉络都已经被撕裂得七零八落了。

他的喉咙还没来得及发出惨叫声就已经先吐出大口鲜血，神经引起乱七八糟的错乱，造成全身肌肉痉挛，让穿着潇洒西服的修长身躯演出丑陋又可笑的舞蹈。

这是因为以强烈压力在魔力回路中循环的高密度魔力突然无视于通路开始任意狂飙，破坏了施术者自身肉体的缘故。在月灵髓液挡下了 Contender 攻击的那一刻，肯尼斯受到比子弹直接命中还更加严重的伤害。

当使用魔术干涉切嗣的魔弹时，"起源"的影响就会反馈在施术者的魔术回路中。

如果把魔术师的魔力回路比喻成高压电流的回路，切嗣的子弹就像是一滴水。导电的液体附着在精密的电力回路会造成什么情况——结果就是电流会因为回路短路而破坏回路本身，让回路完全故障。

与这种道理相同，切嗣的礼装最恐怖的效果就是会让魔术回路"秀斗"。

如果想要避免切嗣魔弹造成的伤害，就得不依靠任何魔力，只能仰赖物理方式挡住子弹。这时候切嗣选择点 30-06 Springfield 弹的狠辣手段就发挥了效果。这种子弹原本是猎枪专用的子弹，没有任何道具可以完全挡得下来。穿透力之强，如果不是坐在装甲车当中的话绝对免不了中弹受伤。

一发，只要一发子弹就足够了。切嗣刻意选择不适合实战的 Thompson・Contender 作为礼装，目的就是为了把这支枪当作最强的物理攻击力随身携带使用。

爱枪已经完成它的工作，切嗣把手指搭在护弓的勾铁上，将又长又重的枪身斜着向下一甩。中折式构造的枪膛打开的力道让空弹壳弹向空中，拖着淡淡的硝烟残渣掉在大理石地板上。

切嗣对自己的胜利毫无感觉。与往常一样，这次他也只是依照计划顺利完成结果而已，没什么大不了。

切嗣的魔弹杀伤力大小要视命中目标的瞬间，对方让魔术回路运作到何种程度，因为破坏施术者身躯的是施术者本身的魔力。这一点对现在的肯尼斯来说非常要命，切嗣一再挑拨肯尼斯，逼他使出浑身解数发挥魔力，使切嗣得到他所期望的最大结果。

刚才月灵髓液还在大显神威，但是一旦魔术师供给的魔力中断，月灵髓液也就到此为止了。它恢复成原本的液态状，洒了一地。肯尼斯趴倒在水银海中，身子微微抽搐。过去堂堂艾梅罗伊爵士现在变得比婴儿还弱小，他的身躯不但失去魔术师的力量，恐怕就连一般的人体机能都已经丧失了吧。

只要把肯尼斯扔在这儿，过不了多久他就会没命。但是切嗣的做法是对手下败将要确实取其性命。他把尚留有子弹的Calico冲锋枪改为单发射击，向有如行尸走肉般的肯尼斯走去。只要从最近距离朝他的脑袋开一枪，竞夺圣杯的七组人马中就会有一组被淘汰。

但是这时候切嗣却感觉到一股庞大的魔力逼近，让他皱起眉头。

切嗣当机立断，立刻举起Calico冲锋枪瞄准，对着肯尼斯的头颅连续开了好几枪。但是子弹在空中爆出火花，往别的方向弹开消失。这是因为红色与黄色两柄长枪以迅雷不及掩耳的速度划过。

看见 Lancer 现身保护倒地的肯尼斯，切嗣除了咋舌之外无可奈何。他如何能知道敌人的从灵竟然会在这个时候出来碍事。

切嗣一直以为肯尼斯单身一人独闯城堡是因为 Saber 拖住 Lancer 的关系，那么枪兵究竟是如何突破骑士王的阻拦？如果 Saber 落败，切嗣应该会感觉到魔力供给的对象消灭才对。但是目前身在某处的 Saber 仍然还在吸取切嗣的魔力，他的从灵确实还活着。

这么一来，能想得到的结论只有一个——一定是 Saber 故意放行，让 Lancer 通过。

Lancer 一边以冰冷的眼神注视着震惊的切嗣，一边用右手握住双枪，只用空出来的左手抄起肯尼斯的身躯。这些举动乍看之下毫无防备，但是切嗣却完全无法出手。就在刚才，Lancer 已经证明枪弹对从灵一点作用都没有。

"——你应该知道现在要把你刺穿是一件多么容易的事吧？Saber 之主。"

要不是听 Saber 亲口说过，就算是 Lancer 也很难看出眼前这名看起来一点都不像魔术师的男子竟然就是艾因兹柏恩家的召主。但是他明白主人肯尼斯有多少能耐，对方有能力击破艾梅罗伊爵士的魔术，身分已经不容置疑。

但是——或者应该说正因为他是 Saber 的召主，Lancer 才不能把枪尖对着切嗣。

"我不会让你杀死吾主，但是我也不会伤害 Saber 的召主。我和她都不希望以这种方式分出胜负。"

"……"

原来是这么一回事——切嗣再次体会到自己缔结契约的从灵和自己之间的关系有多恶劣，大叹一口气。

"千万别忘了，你现在还能够活命是因为骑士王高洁的情操。"

Lancer 语气冷漠，含尖带刺地说完后，就这样抱着肯尼斯纵身撞破身边的窗户，往城外飞越而出。

切嗣可不会傻到想追出去。Lancer 说得对，他的确是捡到一条命了。现在 Saber 不在这里，他无计可施。

不，就算 Saber 现在人在身旁，切嗣又能否把事情交给她处理呢？

那个枪兵的英灵迪卢木多已经是个相当天真善良的小子，但是 Saber 的骑士道精神也不遑多让，一样愚蠢，根本完全超出切嗣的理解。

她大概是打从心里相信 Lancer 不会杀害切嗣吧，这种想法简直是胡闹。骑士王竟然让自己的召主独自面对敌方的从灵。如果 Lancer 背叛的话，她的圣杯战争早就在那一瞬间结束了。就算枪兵不打算杀切嗣，要是肯尼斯还有意识的话，他也会用令咒强迫 Lancer 动手吧。难道 Saber 连这种可能性都没想到吗？

切嗣百般无奈地摇摇头，点燃叼在嘴上的香烟。

真是太讽刺了。竟然会有英灵和敌方从灵发展出愚不可及的信赖关系，另一方面却和自己的召主渐行渐远。就算她号称是最强的从灵，但是天底下到哪里去找像她这样不听话的手下？

早知道如此，选择自己的从灵时应该更加谨慎的——切嗣一边深深咀嚼这种为时已晚的感想，一边随着叹息声吐出一口紫烟。

−130：32：15

"——女人，我问你一件事。"

言峰绮礼缓缓朝着眼前完全一筹莫展，只能呆站着的银发女人走去，一边用低沉的嗓音开口问道。

应该是她随身护卫的黑发女性遭到毫不留情的痛击，像块破布般瘫倒在地上，已经无法对绮礼造成任何威胁了。

"你们两人对我发动攻击似乎是为了保护卫宫切嗣——谁要你们这么做？"

"……"

艾因兹柏恩家的人造生命体坚守沉默。绮礼伸出一只手扣住她的咽喉，把她轻轻吊在半空中。那张如同雕像般美丽端正的脸庞痛苦地扭曲着。

"我再问你一次。女人，你们是听从谁的指示而战？"

绮礼的问题对他来说相当重要。到底是谁在他追寻卫宫切嗣的路程上设下这种没有意义的障碍——这个疑问的真相对他来说是一个重大的问题。

绮礼已经察觉了一件事。

不管他再怎么找，都不会在这个人工生命体的身上找到令咒吧。因为她不是从灵的召主，这女人刚才那种轻率的举动绝对不是一名召主该有的行为。

这么说，真相就和时臣最初料想的一样——卫宫切嗣果然才是 Saber 的召主，这两个女人只不过是他手下的棋子罢了。

这么一来，刚才的疑问就是问题所在了。

如果是卫宫切嗣命令这两个女人攻击绮礼的话——这个问题就可以忽略不管。只不过就是绮礼的实力被低估，而这两个女人挑错了对手，如此而已。

又或是除了切嗣之外，另有他人发号施令——这种状况也可以不予理会。艾因兹柏恩的第一要务是保护切嗣这个召主，他们为了这个目的想必会不择手段，就算只是争取时间也不惜牺牲人命。

但是不管是哪种可能性都有一个共通的疑点。

银发女子为了获得氧气而不断喘息。绮礼重新仔细端详她的面容，这张脸的五官极为完美，就像是一具洋娃娃一样。一对如同红宝石般鲜红的双眸、长相与肖像画中的"冬之圣女"里兹莱希·羽斯缇萨如出一辙。

这个人工生命体虽然不是召主，但是仍然来参加圣杯战争，那么这玩意儿一定就是负责"保护容器"的人偶。若是这样，她在圣杯战争末期也是一个掌握关键的重要因素。让这种重要的棋子站上前线，暴露在危险之下，这种愚蠢的行为可不是光用人力不足就可以解释的。

——绮礼忽然觉得脚踝莫名变重，低头看去。

绮礼从刚刚开始就听到虚弱又痛苦的喘息声好像在地上爬行，不知何时已经来到绮礼的脚边。实在声音是太细微，又太微不足道，使得绮礼甚至没有意识到。

全身是伤的黑发女子伸出颤抖的手臂，抓住绮礼的右脚。

握力虽然微弱，但已经是她现在最大的力气了吧。她已经站不起来，也无法握紧拳头，可是唯有眼神燃烧着深沉的恨火，目不转睛地紧紧盯着绮礼不放。

"……"

绮礼不发一语，举起脚狠狠地往女人肋骨断裂的胸口踩下去。连哀号都已经叫不出来的女人没有因为痛苦而叫出声，只有肺部中的残余空气被挤出来，吐出难听的声音。

但是这名女子还是不肯放手。完全衰弱无力的手腕就像是漂流者抓到浮木一样，扣在绮礼的脚上，怨恨的眼神一直凝视绮礼。

绮礼再次转过视线，抬头看着他吊在半空中的银发女子。

虽然呼吸被阻断，难过地不断挣扎，但是人工生命体的表情当中还是看不见恐惧。只是这样的话倒也没什么好奇怪，这种非人的模造人偶就算没有畏惧死亡或是痛苦的感情也是理所当然——但是这个理由说不通，因为人工生命体的红色眼眸确实带着厌恶与愤怒的神情注视着绮礼。

从半空中、从地面上，两名女性充满仇恨的眼神对绮礼诉说着：

"绝对不会让你通过这里。"

"就算豁出性命也要把你挡在这里。"

她们两个人都没有回答绮礼的问题。命令她们迎战绮礼的人究竟是谁……不管再怎么绞尽脑汁思考，他的推测总是会产生矛盾。

在此还可以想到另一个可能性。

如果这两个人并没有受到任何人的指使或是许可，而是各自依照自己的判断挑战绮礼的话呢？

——这种状况万万不能忽视。

熟悉的灵体气息蓦然悄无声息地靠近绮礼身边，Assassin念话的声音直接向绮礼的脑中说道：

"Caster以及Lancer的召主都已经落败，逃出森林了，Saber再过不久就会赶过来。吾主，留在这里很危险。"

听见担任斥候的Assassin如此报告，绮礼顿时觉得无比扫兴，点头回应。现在这情况已经难以改变了，别说正面对上剑士从灵绝对打不赢，就算现在立刻撤退，能不能平安无事地全身而退也很难说。

要说现在还有什么计策可用——也只有想办法绊住Saber，阻止她追来了。

绮礼从上衣底下抽出新的黑键，二话不说，一剑刺穿银发人工生命体的腹部。动作毫不犹豫，就像是在裁切布料一样。

"呼、呜……"

人造女性发出不成声的惨叫，鲜血从喉咙中逆流出来。原来如此，人造生命体的血也是红色的——绮礼心中发出无意义的感叹，把她痉挛的身躯扔在地上。

他下手时没有刺伤要害，到她失血过多断气之前应该还能撑个几分钟。再过不久Saber就会赶到，届时她将被迫作出选择，是要为这个女人治疗，还是放弃她追杀绮礼。

就这样，绮礼再也不对濒死的两名女性看上一眼，开始顺着来时的路径在林木间疾奔。

一件事情结束之后，就没有必要再去多想些什么。刚才那两个和他进行激战的女人应该也没有什么价值值得绮礼回忆才是。

但是她们的眼神却总是在奔跑的绮礼脑海中浮现，挥之不去。

那两人的憎恨感情是出自于真心，她们的杀意绝对不是来自于义务感或是职业道德。

那两个女人想要保护的不是艾因兹柏恩家的胜利，而是卫宫切嗣这个人。如果是前者的话，她们应该会与切嗣联手在城里迎战外敌才对。她们不选这种比较安全的战斗方式，却尝试在没有切嗣协助的情况下进行防卫战。

她们有一种意志，虽然并非出自卫宫切嗣的意思，却仍然想要保护切嗣；她们也有一种执着，明明是一场打不赢的战斗，却拼了命想要取胜。

那些女人对卫宫切嗣有所期待，也有所寄托。她们想要守护、贯彻某种东西，而这件东西无法以战力差距或是胜算等常理解释清楚。

绮礼知道只有一种概念会让人做出这种不符合常理又愚笨的行为。

信念——

如果那两个人是怀抱着"信念"协助那个叫做卫宫切嗣的人物的话，就能够说明她们那些愚笨的行为了。但是这个推测最后会衍生出一个重大的疑问。

女人往往是一种利己的生物。现在不只有一个人，而是有两名女性为了"他"打算牺牲自己。如果不是这两名女性都完全认同且了解"他"的话，她们根本不可能这么做。

这是不是也就意味着——卫宫切嗣是一个受到他人肯定与理解的人物？

“不可能……”

绮礼喉头中发出的低语既低沉又沙哑，听起来就像是呻吟一样。

这是绝对不允许发生的矛盾状况。

他对卫宫切嗣的期待与预感完全被彻底颠覆。

切嗣应该是一个空洞虚无的男子。他应该是一个极端空虚，但是在空虚之下找到战斗意义的男人，所以绮礼才会对他有所期待。绮礼一直认定卫宫切嗣的内在人格、生存方式一定有他追寻的答案。

那么切嗣一定得是个孤傲的人才行。他一定得是个不受众人理解与肯定，心灵世界与世隔绝的人才行——就像言峰绮礼这样。

为了排除心中不断涌起的疑惑思绪，绮礼一咬牙，就像是企图逃避心中的疑虑般孤身一人在森林中狂奔。

×　　×　×　×　　×　×　×　　×　×

爱莉斯菲尔听见仿佛从遥远彼方传来的呼唤声，意识朦胧地睁开眼睛。

一张熟悉的面容在月光的衬托之下，那一头金发看起来更加闪耀动人。

“……斯菲尔，振作一点！爱莉斯菲尔！”

“Saber……？”

爱莉斯菲尔发现对方不是别人，正是少女骑士王的时候顿时松了一口气，差点又要陷入沉眠当中。

“不行！打起精神来！我现在就去叫切嗣。你一定要撑到他过来！”

“……绮礼……刚刚还在这里的敌人…到哪去了？”

爱莉斯菲尔虚弱地问道。Saber 皱起眉头，表情满是悔恨。

“被他逃掉了。如果我早一点赶到的话，事情就不会变成这样……”

“……舞弥…小姐她……”

“她也受了重伤，不过没有生命危险。比较危险的是你！流了这么多血——”

话语未毕，Saber 惊讶地说不出话来。

直到刚才还不断从爱莉斯菲尔的腹部淌出的鲜血现在竟然已经完全止住了。Saber 小心翼翼把刺破的衣服翻开一看，柔滑的肌肤上虽然沾满血糊，但是刺伤的创口却已经连一点伤痕都没有了。

“对不起，吓到你了。”

爱莉斯菲尔若无其事地自行从 Saber 搂抱的臂弯中撑起身子。原本已经失去血色的苍白双颊又恢复原来的红润。刚才重伤濒死的样子就好像是一场幻觉一样。

“爱莉斯菲尔，这究竟是……”

“不用担心，我已经没事了。比起对别人施展治愈魔术疗伤，治疗自己的伤口还更容易呢。……再说我的身体构造本来就和人类不一样。”

“是吗……”

爱莉斯菲尔对讶异地睁大双眼的 Saber 微笑，内心却感到非常过意不去。她对于欺骗信任自己的骑士表达歉意。

"其实这都是多亏有你啊，Saber……"

爱莉斯菲尔的身体的确是魔术人造物，但是她的体内没有让她能够在失去意识的状态下自行发动治疗能力的术式。另外有一种与艾因兹柏恩的魔术完全不同的奇迹治好她的伤。

宝具"脱俗绝世的理想乡"（Avalon）——宝剑断钢神剑的剑鞘能够治疗持有人的伤势，甚至可以使老化停止。这件宝具之前在艾因兹柏恩城召唤英灵阿尔特利亚的时候用作召唤媒介，现在则是当成一种概念武装，封存在爱莉斯菲尔的体内。

依照常理，这张王牌应该是由切嗣这位召主佩带才对，但是切嗣让爱莉斯菲尔成为假召主站上前线。为了保险起见，他还是把这件绝对防御的宝具交给妻子。反正原本的主人 Saber 不在旁边供给魔力的话，剑鞘的效力就无法发挥。切嗣打一开始就计划和 Saber 分开行动，对他来说这只剑鞘一点用处都没有。

切嗣百般叮咛爱莉斯菲尔，绝对不可以让 Saber 知道剑鞘的存在。这样别有用心是因为他不相信自己的从灵。但是这件宝具原本就是属于骑士王所有，爱莉斯菲尔却以不告而取的方式拿来利用，让她的良心感到非常自责。

话说回来，实际确认过这件宝具的效果之后确实让人对它的威力感到讶异。在 Saber 赶到之前，爱莉斯菲尔的情况的确很危急。但是如此严重的伤势经过骑士王的手一碰，一瞬间完全愈合，就连流失的体力都恢复了。这种奇迹的确足堪称为宝具。

因为术法被绮礼以蛮力破解而发生异常的魔术回路现在也已经完全正常。这样就能够像平常一样，毫无障碍地施展魔术。

如此一来，接下来的第一要务就是为负伤的舞弥治疗。她已经失去意识，状况虽然还不到濒死，但是确实受创甚深。

看到这些对肉体毫不留情的破坏痕迹，爱莉斯菲尔再次体会到言峰绮礼这名男子的可怕。

那个代行者是个不折不扣的怪物。虽然她们使用枪炮与魔术向他挑战，他却只用血肉之躯的技能就粉碎了爱莉斯菲尔与舞弥的联合作战。

那个敌人——绝对不能让他见到切嗣。深感绮礼的存在是一种多么沉重的负担，爱莉斯菲尔不禁咬紧嘴唇。

这次虽然以死缠烂打的方式奇迹似的在最后获得胜利，但是显然只是运气好而已。要是 Saber 与 Caster 或是 Lancer 的战斗再拖久一点，想必绮礼早就已经到达森林深处的城堡了。

这次战斗不是结束，绮礼下次一定还会冲着卫宫切嗣来。

"但是保护切嗣的人不是只有我……你说对吗？舞弥小姐。"

因为爱莉斯菲尔在开始治疗之前先把痛觉消除，舞弥原本因为痛苦而扭曲的表情逐渐放松，安稳下来。虽然她的意识还没恢复，不过那张沉睡的脸庞脱下平时拒人于千里之外的紧绷表情，就像是个天真单纯的少女一样。

其实爱莉斯菲尔应该要很讨厌舞弥才对吧，因为她已经不再是人偶。身为一名女性、一位妻子，她已经拥有深爱着一名男性的灵魂了。

但是现在她很感激久宇舞弥。因为她等于从舞弥身上学到在这场战争中自己应该要怎么做。

"下次我们一定要赢，靠我们两人的力量一起保护他吧……"

爱莉斯菲尔在心中立下新的誓言，开始专心治疗舞弥伤痕累累的身体。

ACT.8

−122：18：42

酒肉点缀着餐桌，一排排烛台灿然生辉。

艾林（Erinn）的王公贵族们齐聚在米可尔达的大宴会场内，现在正是宴会的最高潮。

但是今天的宴会可不许那些蛮勇之人比酒较劲。

今天晚上，就连粗勇的战士们都会因优雅的芬芳花香而陶醉。

没错，这是一场为了欣赏娇美名花而举办的宴会。

爱尔兰的高王康马克·麦·亚特（Cormac mac Airt）的千金格兰妮（Gráinne）终于要定亲了。

对方不是别人，正是库尔（Cumhaill）之子芬恩·麦克库尔（Fionn mac Cumhaill）。因为智慧鲑鱼的鱼油获得才智，拥有治愈之水能力的大英雄，更是号称天下无双的费奥纳骑士团之首。他是一位力量与名声都和高王不相上下的男子汉，再也没有任何婚配如此让人感到喜悦了。

跟在老英雄芬恩身边的，有他的儿子诗人欧辛（Oisin）、他的孙子英雄奥斯卡（Oscar），还有费奥纳骑士团诸位一骑当千的勇士们。

飞毛腿卡尔特·麦克·罗南（Caílte mac Rónáin）、德鲁伊法师范格斯、"战场的恐怖"高尔·麦克·莫纳（Goll mac Morna）、灰色蜥蜴科南（Conán mac Lia），以及拥有最强之殊荣，闻名遐迩的"灿烂的美貌"迪卢木多·奥迪那。

所有一夫当关的豪杰英雄都到齐了。他们每一个人都敬爱芬恩，发誓对他忠诚，坚定不移。伟大的英雄们崇敬领袖，将自己的枪与剑奉献给他的命令。这就是骑士的荣誉，吟游诗人口中传颂不绝的荣耀战士的真正意志。

对骑士之道怀抱着憧憬。

贯彻这条骑士之路。

骑士深信此身终有一天将会马革裹尸，在光荣的战场上死去。

直到那一晚在命运的宴席上，邂逅了一朵娇美的花朵。

"你会得到我的爱，代价就是你将会背负圣誓（Geis）。心爱的人儿啊，请你阻止这场让人厌恶的婚礼，带我逃走吧……逃到比天涯海角还要遥远的彼方！"

少女泣诉着，诚挚的爱火在她的眼眸中燃烧。

英雄在此时就已经知道了……这熊熊烈火将会成为炼狱之火烧毁自己。

但他还是无法拒绝。

考验名誉的沉重圣誓负担与自己信奉的忠臣之路——究竟哪一边更加宝贵。他好几次这么扪心自问，但是就算心中再怎么纠葛，他还是得不到答案。

所以驱使他行动的原因一定是某种与荣耀毫无关系的理由。

英雄拉着公主的手，一同背弃了荣耀灿烂的前途。

一场日后将会在凯尔特神话中传颂的凄美恋爱故事就这么拉开了序幕。

　　×　　　×　×　×　　　×　×　×　　　×　×

　　——穿过一场奇妙的梦境，肯尼斯自睡梦中苏醒。

　　他从没有看过，也没有实际经验过那场遥远古代的景象，但是这并不奇怪，听说与从灵缔结契约的召主偶尔会以做梦的方式窥见英灵的回忆。

　　肯尼斯当然非常熟悉关于自己召唤的英灵的传说故事。虽然他从没想到竟然会以那么真实的光景亲眼目睹……不过刚才那场梦的确是"迪卢木多与格兰妮的传说"里其中一个场面。

　　"但是……我……怎么会在这里？"

　　意识还没完全清醒的肯尼斯环顾四周。

　　四周的空间空荡荡的，什么都没有。废墟特有的灰浊空气使冬天夜晚的寒意更加刺骨。

　　这个冷漠的空间里只摆着一些机器设备，就算寻找过去的蛛丝马迹也看不出有谁曾在这里生活过。

　　肯尼斯看过这个地方，这里是他在冬木凯悦饭店倒塌之后选作暂时落脚处的郊外废弃工场。

　　他开始回忆脑中混乱的记忆。

　　他跟踪 Caster，一路跟到艾因兹柏恩森林。然后他没有理会几位从灵的战斗，便想要独自一人与 Saber 的召主决斗……

　　就在他想起整件事的来龙去脉的同时，屈辱感与愤怒如溃堤般席卷而来。

难以抑遏的激动情绪让他忍不住想要握紧拳头，此时他才终于发觉自己明明已经从昏睡中苏醒，四肢却一点感觉都没有。

"怎么……"

肯尼斯心中感到不解与恐惧，拼命挣扎。但是身体还是纹丝不动。他仰躺在一张简单的推床上，胸口与腰部都被皮带紧紧绑住。

如果只是不能起身的话他还能接受，但是为什么双手双脚一点反应都没有？

皮带只有绑住身体而已，没有任何东西束缚住四肢，但……就是动不了，双手双脚仿佛不是他的四肢一样。

"——你醒了吗？"

肯尼斯心爱未婚妻的声音由视线外传来，可能是注意到他挣扎时发出的声音而走了过来。

"索菈乌？这究竟是……我、我怎么会在这里？"

"是 Lancer 把你带回来的，他把你从险境中救出来呢。难道你完全不记得发生什么事了吗？"

"我……"

自己被枪击了。在艾因兹柏恩城，就在自己正要下手除掉那个耍弄小把戏的半吊子魔术师的时候。

但是敌人的子弹应该的确已经被月灵髓液挡下了才对。肯尼斯还清楚记得当他确信自己获胜的那一瞬间。

可是记忆就在这里中断。他依稀记得，好像……遭到一阵痛彻心扉的痛楚。等到回过神的时候就已经仰躺在这里了，就连过了多久的时间都不知道。

索菈乌以医师触诊般的手法将手指放在肯尼斯的手臂上，但是肯尼斯完全没有被触摸的感觉。

"你身上还留有全身魔术回路失控的迹象，内脏几乎全都完了，浑身的筋肉与神经也都损坏殆尽。没有当场死亡真是奇迹呢。"

"……"

"总之，只来得及让内脏再生而已，神经系统方面已经无药可救了。现在就算花再多时间治疗，恐怕也没办法恢复到能站立行走的程度。而且——"

听着未婚妻语调平淡地说着诊断结果，肯尼斯心中的绝望逐渐扩大。

因为魔力失控而造成的自我伤害。对魔术师来说这是与自身最密切，也是最致命的下场。

肯尼斯这种人应该最不可能发生这种最低等的失误。即便如此，他也不是不明白这种结局代表着什么意义。

"而且——肯尼斯，你的魔术回路已经毁了，这辈子再也无法使用魔术。"

"我……我……"

从前被誉为神童艾梅罗伊爵士的男人眼中浮出泪水。

他完全不能理解为什么自己会遭到这种绝望的打击，这个世界应该是对他寄予祝福的。上帝应该已经对他的天才能力赋予无限光明的前途与荣耀才对。

以往肯尼斯深信不疑的世界真理大声地粉碎瓦解，一点都没有留下。这样的现实太过无情荒诞，超乎他的想象，让他害怕地哭泣着。现在的肯尼斯就像是一个初次理解何谓恐惧的幼儿一样。

"不要哭，肯尼斯。现在放弃还太早了。"

索菈乌以安慰的口吻轻声说着，一边轻抚肯尼斯的脸颊。她对未婚夫的温柔体贴总是稍嫌太迟，真正需要的时候却一直盼不到。

"圣杯战争还没结束。肯尼斯，这都是因为你的策略喔。只要身为魔力供应来源的我还活着，和 Lancer 之间的契约就能存续。我们还没有输。"

"……索菈乌？"

"如果圣杯许愿机真是万能的话，想要让你的身体完全复原也不是不可能，不是吗？只要我们打赢战争就可以了。打赢这场战争获得圣杯的话，所有的一切都会恢复到像以前那样。"

"……"

索菈乌这番话应该是为了激励肯尼斯，给予他希望。未婚妻对另一半的鼓励与支持，应该最能为他带来勇气才对。

可是——不知为何，一种不安的感觉像是穿过细缝的寒风一般吹进肯尼斯的心中。

索菈乌不晓得是不是察觉到肯尼斯心中的疑虑，脸上带着慈母般的微笑，抬起肯尼斯的右手。她的手指在已经瘫痪的右手背上来回摩挲，轻轻抚摸那两道还留存的令咒。

"所以啰，肯尼斯……为了帮你拿到圣杯，把这两道令咒让给我吧。由我来代替你成为召主，继承 Lancer。"

"不……不行！"

肯尼斯二话不说立刻拒绝的原因有一半或许是源自于动物天生的本能。现在他已经失去一切，只能依赖这两道令咒，千万不可以放手——肯尼斯的灵魂这么呐喊着。

肯尼斯感到莫名的恐惧。索菈乌像是安抚一个闹脾气的小孩子一样，继续温柔地对他说道：

　　"你不愿意相信我吗？虽然没有魔术刻印，但我也算是索菲亚利家魔术师的一分子。嫁进亚奇波特家的我代替艾梅罗伊爵士上战场，这有什么奇怪吗？"

　　"不，可是……"

　　索菈乌说的话不无道理。

　　肯尼斯确实已经很难再前往战地观看 Lancer 战斗。他现在是泥菩萨过江自身难保，就连自己都保护不了。要是有敌人像之前艾因兹柏恩那样，在从灵对战的同时派出杀手刺杀召主的话，他肯定难逃一死。

　　索菈乌的魔术师位阶远远不及肯尼斯，但是这场圣杯战争中有召唤出伊斯坎达尔的韦伯，以及疑似与 Caster 缔结契约的杀人魔参加。这种人以召主的能力来说根本不成气候，只要战术正确的话，即使索菈乌比不上肯尼斯，想要打赢战争也绝不是不可能。

　　如果想要驱使从灵的话，能够让那些怪物臣服的令咒是必不可少的。但是——

　　肯尼斯回想起第一场战斗结束后的深夜，索菈乌在饭店注视着 Lancer 的热情眼神。她从来没有将那种如痴如幻的陶醉眼神投注在自己这个未婚夫身上。

　　如果索菈乌只是因为看到一位美男子而看傻了眼，那他还能够谅解。这是女人都会犯的一点小过错，因为这点程度的小事就大动肝火的话如何能做她的丈夫。

　　可是这也只限于"如果 Lancer 只是普通的美男子而已"。

"……索菈乌，你认为 Lancer 会不对我而对你效忠吗？"

肯尼斯刻意压抑感情问道，索菈乌毫不犹豫点头。

"他也是回应圣杯召唤而来的英灵，渴望得到圣杯的心意和我们一样。就算召主换了别人，为了达到目的，他一定会退让接受的。"

"你错了……"

肯尼斯在心中呻吟道。事情与索菈乌无关，所以她不知道。但是那个英灵迪卢木多·奥迪那可不是那么了不起的人物。

受到圣杯召唤而成为从灵的英灵确实不只是为了契约关系参加圣杯战争。照理说，他们各自也因为某种缘由，渴望得到圣杯。正因为他们有求于圣杯，所以才会尽力协助让自己的召主成为胜利者，希望能共享圣杯的恩泽。

因此从灵的召主对自己召唤的英灵要做的第一件事就是询问他的愿望，问他为了什么原因渴望得到圣杯，接受召唤而现身——如果不把英灵追求圣杯的缘由问清楚，两者之间的信赖关系绝对无法成立。因为万一各自的愿望内容互相矛盾的话，说不定在得到圣杯的时候就会遭受惨痛的背叛。

肯尼斯当然也很早就问过迪卢木多的愿望是什么。肯尼斯问他：当两人共同得到圣杯的时候，你要许什么愿望。

但是英灵却没有回答。

不，这种说法不算正确。迪卢木多不是拒绝回答，而是完全否定了这个问题的意义。

他说——"我不要什么圣杯"。

我不需要任何报酬，只希望能够对今生召唤自己的主君尽忠，成就身为骑士的荣誉。这就是我的愿望。

肯尼斯当然无法接受这种说法。如果没有相当的理由，名震天下的英灵怎么可能甘愿纡尊降贵，屈就自己成为区区人类的使魔。又不是在做社会公益，这种笑话一点都不好笑。

　　但是无论肯尼斯再怎么鼓动三寸不烂之舌想要探出原因，他的 Lancer 始终坚持不愿改变先前所说的理由。

　　"我只要能够完成骑士的荣誉就够了，圣杯许愿机就让给召主您。"

　　Lancer 自始至终不改初衷，坚决不接受圣杯。

　　——现在回想起来，肯尼斯可能从那时候开始就已经对自己缔结契约的从灵怀有不信任感吧。

　　怎么可能会有从灵不要圣杯。

　　那么 Lancer 的回答显然就是一种虚伪，他把自己真正的意图隐藏起来不让他人知道。

　　肯尼斯原本认为就算 Lancer 不说也无所谓，在他手上有令咒，只要他掌握这道绝对命令权，迪卢木多绝对无法背叛他。从灵终究只是工具，只不过是一种器具而已。只要能够发挥应有的功能，不管工具心里在想什么都无关紧要。这个判断是肯尼斯到昨天为止的想法。

　　但是现在看到索菈乌对 Lancer 这么深信不疑，肯尼斯再也无法像之前那样摆出宽容的态度了。

　　如果他真的追随索菈乌的话——如果他说的话是真的——那么事情就很明显了，他的动机不是想要圣杯，而是另有所图。

　　绝对不能相信那个英灵，而且从他生前的传说看来，那个男子原本不就是一个背叛信义，勾引主君之妻逃亡的乱臣贼子吗……

"令咒……不能给你。"

肯尼斯一口回绝。

"令咒与魔术回路是完全不同的魔术系统，现在的我还是可以使用令咒。我……就算是现在，我还是 Lancer 的召主！"

索菈乌深深叹了一口气。

她脸上的温柔笑容也随着这声叹息褪去。

"肯尼斯，你还是不明白呢。……你根本不明白我们无论如何一定要打赢这场战争。"

啪嗒一声，耳边传来如同干枯树枝断裂的声音。

刚才索菈乌还在轻柔抚弄的肯尼斯右手，现在右手小指已经被她缓慢又轻易地扭断了。

肯尼斯还是感觉不到疼痛，但是毫无知觉反而更让他倍感恐惧。索菈乌可以就这样不受到任何抵抗，简简单单把剩下的四根手指依序折断。

"肯尼斯，像我这种程度的灵媒治疗术没有办法把已经深植的令咒强制拔除啊。一定要你本人同意才能把这个顺利摘除下来。"

索菈乌神色漠然地说道，只有说话的声音还是像刚才一样柔和。她的语调始终沉稳，就像是对一个笨拙的小孩讲道理一样。

"如果你还是不能接受的话……我只能把这只右手切下来了，你说呢？"

在废工场的后门外面，有一片茂密的杂木林在黑暗中蔓延开来。

索菈乌让自己暴露在夜晚寒冷的空气中，先等亢奋的情绪冷静下来之后，对着不见身影的卫哨说道：

"Lancer，请你现身。我有话要对你说。"

听见索菈乌的呼唤，英灵迪卢木多立即在她的身边化出实体。

在他恭敬低垂的眼睛下方，那颗哭痣仍然是那么美艳夺目。以活动方便为优先考量的轻巧皮制铠甲更加衬托出他那如同猛禽般精悍结实的肉体。

不管看几次都让索菈乌忍不住发出叹息，从体内深处泛起一股燥热。

"外面有什么异状吗？"

"目前很安全。虽然偶尔感觉到可能是从 Caster 身边走失的怪魔在四处徘徊，但是它们还没有察觉到我们，所以没有攻击的动作。肯尼斯先生设下的结界还没有任何破绽。"

索菈乌点点头，心中放心许多。如果 Lancer 这么专心监视外面状况的话，一定完全没有察觉刚才建筑物内发生什么事情吧。

"索菈乌小姐，请问肯尼斯先生的情况怎么样？"

"很不乐观。虽然已经做了一些处置……就算双手可以经过复健恢复，他的双脚可能也已经没希望了。"

Lancer 低下头，表情郁郁寡欢。这位耿直的英灵似乎把肯尼斯负伤都当作是自己的责任。

"要是我……要是我能更早察觉状况有异的话，就不会让主君白白去涉险了……"

"这不是你的错，都是肯尼斯自作自受。这场圣杯战争对他来说负担太重了吧。"

"不，但是……"

面对眼前欲言又止的 Lancer，索菈乌打定主意，把心中的话说出来。

"他不适合当你的召主，迪卢木多。"

Lancer 沉默不语，双眼目不转睛地望着索菈乌的脸，就连这种严厉的眼神都让索菈乌陶陶然。她定一定心神，举起右手手背给从灵看。

刚才还存在于肯尼斯手上的两道令咒，现在清楚地印在索菈乌的右手背上。

"肯尼斯已经放弃战斗，把召主的权限让给了我。Lancer，从今天晚上开始你就是我的从灵了。"

"……"

美貌的英灵沉默了一阵之后，垂下双眼，摇了摇头。

"我已经以骑士的身分宣示效忠肯尼斯先生了。索菈乌小姐……您的要求我不能答应。"

"什么？"

Lancer 出乎意料的反抗反而让索菈乌慌了手脚。

"你能现界原本不都是因为有我的魔力吗？现在连令咒都在我手上，我才是你真正的契约者啊！"

"这与接收您的魔力或是令咒的束缚完全无关。"

Lancer 低垂的眼神中满怀歉意，继续沉声说道：

"我不只是从灵，更是一名骑士，我所效忠的君主只能有一个人。索菈乌小姐，还请您见谅。"

"……我不够资格做你的召主吗？迪卢木多。"

"这两件事没有关系——"

"看着我的眼睛说话！"

索菈乌的叱喝让 Lancer 不得不勉强抬起头，与她正面相视。索菈乌泛着泪光的眼神对他来说有一种熟悉感，而且还是最沉痛的熟悉感。

从前他也曾经面对一位像这样以泪水向他哭诉的女性。

"……Lancer，与我并肩作战。保护我，协助我，和我一起取得圣杯。"

"我不能这么做。如果肯尼斯先生要放弃战争的话，我也不再追求圣杯。"

过度激动的感情几乎让索菈乌脱口说出无法挽回的话语。她赶紧悬崖勒马，按下自己的情绪，等待心中的悸动平息之后，继续以沉重的低沉嗓音说道：

"Lancer，如果你还坚持自己是效忠于肯尼斯的骑士，那就更要赢得圣杯不可。他的状况我刚才已经说过了，想要治愈那副身躯一定要有奇迹帮助。只有圣杯才能达成那样的奇迹。"

"……"

Lancer 再度陷入沉默，但是这次的沉默代表同意的意思。

"如果你认为他受伤是你的责任，如果你还想挽回艾梅罗伊爵士的威名的话，你就必须将圣杯奉献给主人。"

"……索菈乌小姐，您的意思是说您是以肯尼斯先生伴侣的身分，单纯只是为了肯尼斯先生追求圣杯是吗？"

"没……没错。这是当然的。"

Lancer 静静回望着索菈乌的眼神让她紧张地回答前先得咽一口气。

"您愿意发誓吗？发誓绝对别无他想。"

如果可以的话，索菈乌真想大哭一场，不顾一切礼节地哭喊，紧紧抱住这位美男子，向他诉说心中的思念。

但是如果这么做，这位高傲的英灵一定会冷酷地拒绝索菈乌。索菈乌不能把心中所想告诉他，至少现在还不可以。

"我愿意。我发誓以肯尼斯·艾梅罗伊妻子的身分，将圣杯奉献给丈夫。"

索菈乌语气僵硬地立下誓言，Lancer 此时终于放松表情，静静点了点头。

Lancer 的表情或许平淡到还不足以称之为微笑。即使如此，对于索菈乌来说仍然是无上的幸福。她终于让他对自己露出像是笑容一般的表情了。

没错，就算只是谎言也无所谓——索菈乌心中再次暗暗想着。

现在只要能和这个男子维持关系，任何形式的关系都好。为了这个目的，就算是再卑劣的谎言她都愿意说出口，绝对不允许任何人有任何意见。没错，她绝对不允许任何人阻碍。

他是一位非常人的过客，是圣杯带来的如同泡沫般短暂的奇迹。即使如此，索菈乌心中的想法还是不会改变。

现在回想起来，她的心自孩提时代刚懂事的时候就已经冻结了。因为索菈乌出生在一个已经有了嫡子的魔导名门，对于较晚出生的她来说，培养身为女性的感情一点意义也没有。

苏菲亚利家的魔导血统代代相传，历经千锤百炼，少女唯一的价值就是在于血统，除此之外她的存在一无是处。也就是说自她呱呱落地的那一刻开始，她唯一的用途就是政治联姻。

索菈乌从不觉得遗憾，甚至从来不曾有过怀疑的念头。在她的一生当中完全没有选择的机会，对双亲决定的婚事也是乖乖答应。对于今后将要一辈子称呼一个她毫无兴趣的男人为丈夫，她那早已冻结的灵魂没有任何感触。

但是现在不一样了。

她的胸口从未感受过心脏如此热切、如此激烈的鼓动。

索菈乌・娜泽莱・索菲亚利的心灵已经不再冰封，因为她已经尝到胸口因爱火烧灼而发热的感觉了。

索菈乌回到寝室之后，Lancer独自留在室外继续站哨。从灵不需要睡眠，只要有召主提供充足的魔力，从灵的肉体永远不会疲劳。

也因此，他无法借由睡眠遗忘心中的烦闷。

Lancer反复想起索菈乌所说的话，叹了一口气。

那双真挚、哀戚，不顾一切向自己诉说的眼神与过去他"妻子"的形貌实在太相似了。

格兰妮公主——

就是她让迪卢木多背负背信的圣誓，把他从荣耀的英雄宝座上拉下来，成为一介流亡者。但是迪卢木多对这样的她却一点都不憎恨。

即使这只是一段因为受到英雄的魔性美貌诱惑，毫无来由的恋情，但是她为了这份感情选择从米可尔达的筵会逃走。对她来说，这依旧是一个必须抛弃一切的重大决定。与亲人之间的缘分、身为王室公主的骄傲、以及原本已经属于她的荣耀未来……格兰妮背弃这一切，选择与迪卢木多相恋。如果这段恋情的起因是因为诱惑的咒法力量，总有一天她会对自己的感情产生怀疑吧。但是格兰妮不畏惧这样的未来，踏上为了爱情而活的人生道路。

　　旁人都认为迪卢木多受到波及，遭受无妄之灾，但是迪卢木多本人却不这么想。比起自身的苦难，他总是为对方心中的痛苦着想。

　　面对考验自尊的圣誓，他不是就这么屈服了。他曾经觉得眷恋，也曾经挣扎过。但是就在他因为背叛主君芬恩·马库尔而感到苦恼的同时，也对格兰妮这位直到最后始终相信自己的内心，并且贯彻到底的女性深感敬佩，后来甚至爱上了她。

　　两人的爱情之路当然走得极为艰辛。

　　在嫉妒与激愤的驱使之下，芬恩·马库尔派出手下所有的兵力追击私奔的两人，把他们当成野兽一样捕猎。迪卢木多虽然一边守护着公主，但是绝对不与芬恩旗下与自己交好的骑士兵刃相向。唯有面对那些与芬恩有盟约，受到召集而来的外地追兵的时候，他才会露出自己凶猛的獠牙。

　　与巨人哈尔邦（Searbhán）的战役，与九位加尔巴（Garbs）之战，以及与芬恩的乳母"磨臼魔女"战斗……迪卢木多与格兰妮逃亡的期间所写下的种种英雄事迹后来甚至更胜于当初在费奥纳骑士团打出的名号。对于一心希望成为高洁忠臣的迪卢木多来说，这些英雄传说实在太过讽刺了。

　　忠义是什么？爱情又是什么？

　　当他的双枪切开敌人的时候，他的骑士精神同时也遭到撕裂。互相矛盾的忠义精神以及圣誓让他倍受折磨，但是技巧精妙的两柄魔枪依然在他心生迷惑之前刺穿对手，造成无谓的死亡。

　　一位女性与两个男人——血流成河，尸堆成山就只为了这三个人的情意与坚持。

看到这些无谓的牺牲，到最后先屈服的人是芬恩。老君主终于承认迪卢木多与格兰妮的婚姻，给予迪卢木多应有的地位与领地，再度将他纳为臣下。

这是迪卢木多期盼已久的和平，但是到头来连这段和平也只是他们之间关系彻底毁灭的前兆而已。

有一天，与芬恩一同出猎的迪卢木多因为山猪的獠牙受了重伤。伤势虽然致命，不过只要芬恩在他身边的话根本就不足为惧，因为身怀种种英雄奇迹的芬恩能够让他手中掬起的泉水变成疗伤的灵药。

但是面对濒死的忠臣，充塞于老君主芬恩脑海中的却是过去他们曾经争夺过同一个女人的嫉妒与酸楚。

流出泉水的水井距离倒地的迪卢木多只有九步之遥，芬恩想要治疗骑士的伤势只需要走九步路就可以了。但是相传在这短短的九步距离之间，芬恩运水的时候却两度将手中捧着的水泼洒出来。

当他第三次送水来的时候，英雄迪卢木多已经断了气。

现在，迪卢木多成为从灵被召唤到现代，当他再回首自己过往的结局时，他依然不觉得后悔，也不曾恨过任何人。他既想要回报妻子的爱情，也能体谅芬恩的愤怒。只是命运的流转实在太不从人愿而已。

迪卢木多的人生并非只有苦难与悲叹。与主君交杯痛饮的豪快、与爱妻的耳鬓厮磨都在他的心中成为无可取代的珍贵回忆。就算人生最后以悲剧收场，迪卢木多对天命没有任何不满，因为他与他身边的人们都已经积极努力地活过了。

他不想否定那唯一一次已经成为过往的人生。

但是如果可能的话。

如果他还有第二次人生，能够再次以骑士的身分提枪的话——

这种不可能实现的奇迹可能性在英灵迪卢木多的心中成为他的夙愿。

过去从自己手中失去的荣誉、无法成就的骄傲，迪卢木多满心希望有个机会能够重拾这一切。

在前世无法实现，一条为了骑士道初衷而活的道路。

这次他一定要贯彻忠义之路——

这次他一定要怀着真挚无瑕的信义，得到将胜利奉献给主君的荣耀——

也就是说Lancer对圣杯毫无所求。当他再度受封为臣，站上名为冬木的战场的时候，他的愿望就已经达成一半了。

剩下的一半在他赢得胜利的时候将会完成。当他把圣杯带回主君身边，具体表现出自己满心赤诚的时候，他的一切都会获得满足。

他的愿望就只是这样而已，这应该不是什么遥不可及的奢望才对。

但是现在迪卢木多的前方却被不祥的黑云笼罩。他背负的魔貌罪业又将在他与新的主君肯尼斯之间打下决裂的桩子。

如果索菈乌能够察觉自己受到魔貌的诱惑是一种不智的行为，就可以避免最糟糕的事态发生。

但是如果她成为第二个格兰妮紧紧抓着自己不放的话——到时候他是否可以对这名女性的感情置之不理呢？

这应该是一场为了悲惨命运赎罪的战斗。既然这样，他更加不能重蹈覆辙。

但是，该怎么做才好？

在寂静的黑夜当中，Lancer 找不出答案，只能闷闷不乐地抬头仰望天际的明月。

−108：27：55

海浪拍打的声音。

海岸边即将迎接黎明，照亮四周的微光只是让飘忽的暮霭染上一层白色。

沙滩向左右无限延伸。海面笼罩在白色暮霭当中，看不见尽头。被暮霭掩盖的风景是对岸陆地？还是遥远彼方的海平面？或是什么都没有？

除了一波波的海浪声之外，万籁俱静。

天无云，地无风。所有人类的活动都与这片海岸遥不可及。

前进，向着东方不断前进，将这世上所有的一切全都抛向遥远的西方——他就这样一路到达这片空无一物的寂寥海岸。

所以在暮霭的另一头一定也是空无一物。

前方没有任何世界，远征不可能再进行下去了。这里——就是世界尽头之海。

他闭上眼睛，聆听阵阵海浪声。

只有穷究世界尽头之人才有资格欣赏这遥远的海之旋律——

"——"

自己似乎趴在桌上就这样打起瞌睡来了。

因为睡姿不正常，所以肩膀很僵硬。当韦伯抬起头的时候，麻痹的刺痛使他发出呻吟。

他觉得好像做了一场奇怪的梦。一场自己完全没有印象，却又异常清楚，仿佛在偷看他人记忆般的梦境。

外面的天色已经暗了，看来这一睡让他浪费了不少时间。韦伯对自己竟然这么漫不经心而咋舌，现在没有什么东西比时间还更加宝贵了。

所有的召主都争先恐后想要摘下 Caster 的脑袋。最早完成这项任务的人可以获得额外的令咒作为报酬……韦伯当然不会白白放弃这个机会。特别是对他来说，他手下的从灵伊斯坎达尔简直就像是一匹悍马，令咒可以说是他唯一可依赖的缰绳，无论如何绝对不能让给其他召主。

不论对方是什么身分的英灵，如果是 Caster 属性，那么他必定是一个以权谋计策见长的从灵。只有具备强大抗魔力的 Saber 才有能力在毫无计划的状况下向他正面挑战。不属三大骑士之列的 Rider 原则上只能以智斗智。事实上，伊斯坎达尔的抗魔能力在判定上相当于 D 等级……顶多只有意思意思的防御能力而已。

因此对付 Caster 最好的方法就是想办法让他对上 Saber，然后等他被淘汰出局，但是这样等于放弃千载难逢的追加令咒。向 Saber 提出同盟要求，让她帮忙追杀 Caster 也是下策。如果想要让之后的圣杯战争局势有利于己的话，现在一定要捷足先登，快他人一步才行。

从冬木教会发出告示之后过了一天一夜，总之自己想得到的调查都已经派 Rider 去进行了。韦伯自己原本是为了研拟战略而留在家里……没想到烦恼到最后竟然打起盹来，那个嚣张的从灵不晓得又会说出什么话来嘲讽他。

不，如果只是嘲讽几句就了事的话那还好——韦伯想起已经不晓得挨了几下的弹额头的痛楚，忍不住伸手按住额头。他已经受够那套了，再打下去头盖骨该不会被 Rider 打裂吧。

就在韦伯想着这些的时候，他警觉到有人沿着走廊楼梯拾级而上的脚步声，赶紧打起精神。仔细一想，现在差不多是老夫人准备好晚餐，来叫韦伯吃饭的时间了。现在这个房间里……总之没有什么不能被看见的物品。

轻轻的几声敲门声后，门外传来老夫人的声音。但是内容却和韦伯预料的完全不同。

"韦伯，亚历士先生已经到了喔。"

"——啊？"

当韦伯正要开口问谁是亚历士的时候，在他的脑海里忽然闪过一道非常危险的直觉。

亚历士……ALEX……ANDER？

就在他心想莫非是……的时候，楼下客厅突然爆出一阵豪迈的粗野笑声。

"……给我等一下？"

脸色大变的韦伯飞奔出房间，看也不看愣在一旁的老夫人，就这样连滚带爬地跑下楼梯，冲进已经开始准备晚餐的厨房饭厅。

电视上正在播放每天上演的综艺节目，葛连老翁正在拿前菜当点心配啤酒喝。一如往常的晚餐一景当中有一个巨大的异物存在。

从灵庞大的身躯在客用椅上维持着微妙的平衡，嗨地一声举起一只手对韦伯轻松打声招呼，然后把老人倒在杯中的啤酒咕噜咕噜一饮而尽。

"你喝起酒来还真是痛快啊。"

葛连拿着酒瓶，正要劝进第二杯酒。难得遇见酒友，他似乎打从心里觉得高兴。

"本来还期待我家韦伯从英国回来的时候能学会喝几杯酒，结果还差得远了，让我觉得好扫兴啊。"

"哈哈哈，因为他不懂得怎么玩乐嘛。亏我常常跟他说：懂得享受人生的人才是赢家。"

征服王正在与老人谈笑风生。眼前的光景简直是一场天大的玩笑，让韦伯一句话都说不出来。

此时从后面回到厨房的老妇人一脸伤脑筋地在韦伯的肩膀上轻轻戳了一下。

"真是的，不可以这样喔。如果有客人要来拜访的话一定要早一点跟我们说才对嘛。如果知道客人要来的话，我就会准备更丰盛的菜式了。"

"……不是……姨姨……？"

撇下一脸茫然的韦伯，Rider 笑眯眯地摇头说道：

"夫人别这么说，请您不要客气。朴实无华的家庭风味才是顶级的招待。"

"哎呀呀，亚历士先生真是会说话。"

老妇人呵呵轻笑，就连她都已经完全被 Rider 开朗的气氛感染了。现场反而只有韦伯一个人还搞不清楚状况，呆站在原地。

"你也知道，我们家韦伯就是那个性子。我一直非常担心他在英国的学校能不能适应，不过如果他有像你这么值得信赖的朋友，那我真是白操心啦。"

"哪里哪里。我才是常常受他的照顾。你看，这条长裤也是他特地帮我选购的。怎么样，看起来很不错吧？"

Rider得意洋洋地展现身上那件XL尺寸的洗旧牛仔裤。到头来，韦伯指派他到外面办事的时候还是买了一条牛仔裤给他。虽然韦伯不知道双方到底是如何搭上线的，不过他总算也渐渐看出麦肯吉夫妇眼里的"亚历士先生"是什么样的人了。

对受到魔术暗示的老夫妇而言，韦伯被设定为从英国留学回来的孙子。而Rider似乎是以韦伯在留学地结交之友人的名义，大大方方地拜访麦肯吉家，就这样占据了晚餐餐桌的一个角落。

虽然老夫妇实在太没戒心，竟然这么轻易就相信了。但是Rider能说得他们深信不疑，大方气度同样也算得上超乎常人。韦伯在今天之前为了隐藏从灵的存在，一直小心翼翼、战战兢兢。此时看见三人愉快谈天的模样，让他又怒又惊，简直浑身脱力。

"亚历士先生打算在日本待多久呢？"

"这个嘛，处理完一些杂事之前大概会待个一星期左右吧。"

"如果你不介意的话，要不要住在我们家呀？虽然寒舍狭小，没办法准备客房，但是如果住韦伯的房间，只要铺上棉被的话应该还可以再睡一个人。对吧，韦伯？"

"……"

"棉被？喔喔！就是这个国家的寝具吧！那当然一定要好好体验一番啊！"

"哈哈哈，睡觉不是睡床铺而是睡地板上，还不习惯的时候一定觉得很奇怪。我们夫妇俩已经在日本住了好长一段时间了，但是刚来的时候总是觉得每件事都很让人惊讶呢。"

"这就是所谓的异国情趣吧。未知的惊奇正是最大的乐趣，不管在任何时代，亚细亚总是让朕玩味不已啊！"

即使一个不小心第一人称露了馅儿，葛连老人似乎还是不以为意，笑着点头。

"来来，白饭差不多就要煮好了。韦伯也快点坐下来。"

在老妇人的催促之下，韦伯无精打采地在自己的座位上就座。今天不晓得为什么，早就已经习惯的座椅让他觉得如坐针毡。

晚餐时间摇身一变，热闹得几乎就像是参加宴会一样。可是韦伯始终不发一语，坐在肆无忌惮放声大笑的 Rider 身边，就连放进嘴里的食物都食不知味了。

"——结果你到底想做什么？"

晚餐结束后，当 Rider 腋下抱着从家主借来的棉被枕头再度回到房间时，韦伯开口第一句话就这么质问自己的从灵。

"想做什么……朕只不过是想从大门进来啊，如果不那样找个借口的话根本进不来不是吗？"

"叫你进出的时候一定要变成灵体！我不是已经跟你说过几百遍了吗！！"

韦伯大发脾气，气得几乎快要哭出来。Rider 反而有些无奈。

"但是如果变成灵体的话，这东西就拿不进来了嘛。"

巨汉说着，举起手中的东西给韦伯看。那是韦伯借口当作旅途行李带进房间的小型运动手提袋。

"虽然不晓得这是什么，总之朕今天的工作就是把这个东西带回来吧？就是为了这件事，朕才终于有裤子穿。再说要朕做这件事的人不就是你吗，小子？"

"我是说……你只要把这件东西偷偷放在门前，之后我再去拿就好了！"

"如果是这样的话，只要想一个能够从门口正正当当登堂入室的理由不就可以了吗？——话说回来，这玩意儿到底是什么东西？"

韦伯从一脸不知所以然的 Rider 手中收下手提袋，仔细检视手提袋里的东西。

里面一共有二十四支塞着木栓的试管。这些试管上贴着手写英文字母的标签，当中全都装着透明无色的液体。

"难得穿上裤子，本来想去更热闹的地方逛逛——为什么朕堂堂征服王要去偏僻的河边打水？"

"因为这件事比啃煎饼看电视还来得更有意义。"

韦伯手脚利落地清理桌面，把自己从伦敦的学生宿舍小心翼翼带来的整套实验道具从行李中掏出来，准备着手进行实验。

装着矿石或试剂的药瓶、酒精灯、研钵以及滴管……奇怪的器具一件一件摆在桌面上，让征服王看得皱起了眉头。

"怎么？你现在要开始模仿别人玩炼金术吗？"

"不是模仿，这就是炼金术。笨蛋。"

韦伯臭着脸说道，同时把 Rider 带回来的一堆试管依照标签顺序插在试管架上。然后依照实验目的挑选合适的试剂，进行调配。这些动作在时钟塔的基础学科已经被要求重复做了不下千百遍，就算闭着眼睛也不会弄错分量。

"为了预防万一，我再确认一次。你的确是按照地图上写的地点取水，没有弄错吧？"

"小子，你把朕当傻瓜吗？这点小事怎么可能会出错。"

Rider 口中抱怨道，把一张折叠起来的地图扔给韦伯。那是冬木市的全市区地图，地图上沿着未远川从出海口直到上游之间间隔一定的距离注记着英文字母。

地图上的标示与 Rider 带回来的试管上标签的字母符号相符。试管里面的液体就是从各个规定地点取来的未远川河水。因为 Rider 说什么都要以实体出门，所以韦伯以买衣服给他为条件，命令他先去取回河水。先不管这些水能不能派上用场，韦伯认为指派 Rider 这件任务至少比他到处乱晃还有用得多。

"……我到底在做什么？"

默默地准备试剂，仿佛像是重新回到时钟塔初等部的时候一样，这种感觉让韦伯觉得很闷。自己应该要以从灵之主的身分在战场上轰轰烈烈地战斗，怎么会在这里重复这种既单调又无趣的简单工作。

韦伯一边忧郁地叹口气，一边用滴管吸取一点调配好的试剂，首先把"A"标签的试管栓拔开，在里面滴下一滴药剂。

"……哇！"

化学反应出乎意料地明显，原本透明无色的河水瞬间染成赤铜色。

"这究竟是什么？"

韦伯还以为 Rider 已经开始观赏还没看完的录像带，没想到他正露出一脸兴致勃勃的表情，从韦伯的肩膀后头观看实验状况。虽然韦伯实在懒得解释，但是他更不希望遭到 Rider 烦人的提问攻势影响自己做实验，所以还是决定回答他的问题。

"这是术式残留物的痕迹，也就是水中含有的魔术残渣。"

标签 A 也就是几乎与海洋邻接的河口位置。靠海的地点还能验出这么强烈的反应，显然大有问题。

"在河川的上游……说是上游，离出海口其实也不远的位置有人曾经施展过魔术。只要逆向追踪魔术的痕迹，说不定就可以掌握那个人所在位置的线索。"

"……小子。你一开始就察觉那条河的河水里有这种东西吗？"

"怎么可能。但是这片土地的正中心正好有河川流过，当然应该从水开始调查。"

想要查出魔术师的所在地点，最简单的就是"水"属性。"高处往低处流"是水的绝对原则。比起花工夫测量风向或分析地脉，寻找水脉下流是最容易的。如果是一片有河水经过的土地的话，那更是轻松。

其他还有好几种探查方式，韦伯只是打算从其中最简单的方法开始调查而已……看来他一开始就抽中了"大奖"。暂时可以说好运是站在他这边的。

韦伯很快地依照 B、C、D……的顺序，一一把试剂滴在试管内。愈往上流推进，反应愈来愈明显。如此夸张的化学反应让韦伯从惊讶到愕然，这一定是有某个人在河川的正中央设置工房，肆无忌惮地将排水流入河川里。这种魔术师连三流都称不上，根本就是个愚蠢的笨蛋——但是现在就是有一个这样的笨蛋。昨天韦伯被叫到冬木教会，已经从担任监督者的神父那里听说事情的经过了。

"但是，就算用这种方法查出来……也没什么好骄傲的。"

用尽奇谋妙计攻敌之不备、彼此施展奇迹较劲——这才是韦伯心目中想象的"魔术较量"，只有缺乏才干的平凡人才会用这种像是警察鉴识般的普通调查方式做事。虽然逐渐掌握有利的成果，但是韦伯心中依然残留着一种难堪的感觉。

"P"试管的反应已经浓得像是墨水一样。如果接下来的反应还要更强烈的话，现在这种简易的分析方式就不敷使用了。

韦伯心中满怀疑问，在"Q"试管里滴入试剂。

"……"

河水还是一样清澈。不管再怎么摇晃试管，还是没有任何反应。

韦伯重新摊开地图，指着 P 与 Q 的手写符号。

"Rider，在这里和……这里的中间有什么东西？有没有排水沟或是渠道的出水口。"

"喔，有一个非常大的排水沟。"

"就是那里。只要顺着那条排水沟往里面走应该能找到 Caster 的工房。"

"……"

Rider 露出出奇认真的表情，仔细打量着韦伯。

"喂，小子。你该不会……是一位非常优秀的魔术师吧？"

这句话实在来得太突兀，听在韦伯耳里简直就是一种讽刺。他轻哼一声，撇过头去。

"这种把戏根本不是优秀魔术师会用的手段，以手法来说是最烂的方式，你在嘲笑我是吧。"

"你在说什么。就算用最烂的方式，如果能达到最佳的效果，岂不是比一开始就使用高明手法还要更了不起吗？你应该觉得骄傲，身为你的从灵，朕也觉得很有面子。"

Rider 发出豪爽的笑声，拍打矮小召主的肩膀。韦伯愈来愈火大，本想回嘴，但是就算对这个从灵讲解何谓魔术的精髓也只是对牛弹琴。一想到这一点，他就默默地忍了下来。

"好，既然知道人在哪里事情就好办了。小子，咱们现在就杀过去吧。"

"你等等，敌人可是 Caster。有哪个傻瓜就这样没头没脑地攻过去？"

对魔术师来说，建造工房可说是集自身所修习魔导之大成。因此攻击魔术师的工房同时也就代表正面迎战那位魔术师拥有的所有力量、技术与知识。

魔术师从灵 Caster 更是魔导的个中翘楚，他的属性特性强化"制作阵地"的能力，让他不论在任何地形条件之下都能在最短的时间内建造出效果最好的工房。只要有这项技能，Caster 在七名从灵当中就能拥有最强大的守城优势。就算是 Caster 的天敌 Saber，想要试图正面强行突破 Caster 的工房也是与自杀无异。

这种程度的道理 Rider 应该也明白才对，但是巨汉从灵似乎完全不把这件事放在心上。不晓得什么时候他已经现出**塞普路特之剑**（Sword of the Kupriotes），未出鞘的剑在肩膀上拍了两下，咧嘴一笑道：

"听好了，战阵这种东西在战场上会时时改变位置。如果掌握敌人的位置却不立刻攻击，等到对方逃掉之后再后悔也来不及了。"

"……你今天怎么这么积极？"

"那当然，自己的召主终于拿出像样的功绩成果。那么朕当然也要拿下敌人的首级予以回报，这才是从灵的气概。"

"……"

Rider 这么说让韦伯感到浑身不自在，不晓得该如何反驳才好。Rider 似乎把韦伯的沉默当做承诺的意思，朗声大笑，一边捶打韦伯细瘦的肩膀一边点头。

"不要一开始就泄了气。总之先尽全力打了再说，说不定船到桥头自然直啦。"

"……"

从前征服王麾下的将士也是像这样被他拖着四处到处跑，一路冲到亚细亚东方的尽头吗？一想到这里，韦伯不禁打从心底同情那些古代的士兵们。

−106：08：19

　　——就结果来看，船到桥头果然直。

　　果不其然，韦伯猜测的下水管深处是一片异样的魔境。大量生着无数触手的水栖怪魔挤成一群，镇守在狭小的隧道当中等着绞杀可怜的入侵者。

　　就算目睹眼前这番令人毛骨悚然的景象，伊斯坎达尔的处理方法当然还是只有一种。

　　"神威的车轮"就像是一架带着雷击的挖掘机，目中无人地在下水道中肆虐。怪魔被踩烂、烧毁、碾碎，体液与肉块仿佛像是浓厚的雾气般充斥整个下水道，一同坐在战车上的韦伯甚至已经看不清楚前后方向了。

　　如果不是韦伯和 Rider 一起乘坐的驾驶座上包覆着一层防御力场的话，他一定没办法呼吸，早就因为怪魔飞溅的血沫而窒息了吧。但是就算有防御力场的存在，韦伯还是要用魔术防壁保护自己的气管，而且还必须遮断嗅觉。因为如果不这么做，他几乎就要被这股浓密的内脏腥臭味给熏昏了。

　　原本以为等着自己的会是何种复杂奇怪的防御阵法——这次的 Caster 在自己选为居所的下水道中只是一个劲儿地布置数量庞大的使魔，除此之外完全没有其他魔术伪装或是陷阱。以魔术师的标准来看，这种地方根本不算是工房，就只是设置卫兵加强防卫能力的普通"防卫要塞"而已。

然而只依靠杂兵数量取胜的防卫措施对于具有抗军宝具的从灵来说正是最好应付的对象。以 Rider 来说，事情发展简单得完全出乎他意料之外。

"小子，朕问你。攻打魔术师的工房都这么轻松吗？"

"……不对，太奇怪了。这次的 Caster 说不定不是正统的魔术师。"

"啥？你说这话是什么意思？"

"举例来说——如果这个英灵在生前不是赫赫有名的魔术师，只是因为在传说中曾经召唤过恶魔，或是持有魔导书之类东西的话，就算以 Caster 的身分现世，他的能力可能也有限。"

在最初几分钟，听到怪魔被辗毙的凄厉叫声还会让韦伯感到害怕。现在他的神经已经麻痹，在吵闹的虐杀噪音当中还能扯开嗓门，大声阐述这种温吞的分析论调。

"再说如果这里是正式的魔术师工房，像那样毫无戒心地排放废弃物也很奇怪。正常的魔术师根本不可能会犯那种错。"

"是这样子吗。……嗯？好像快到尽头了。"

大量怪魔的肉墙挡在路上阻止两人前进，却被轻而易举粉碎。等到注意到的时候，肉墙的密度已经减少了许多。战车之后就这样从血沫当中的潜航解脱，冲到一个宽敞的空间。周围仍然是一片黑暗，没有任何光源。虽然空气完全不流通，却没有狭小密闭空间那种特有的压迫感。

"——哼，真是不巧。看来 Caster 那家伙不在。"

就算置身在伸手不见五指的黑暗中，从灵的视力似乎还是一点都不受影响。Rider 心不在焉地喃喃说着，语调异常低沉，似乎不只是因为让敌人逃掉而感到失望而已。只是韦伯这时候还没有注意到这一点。

"这里是……储水槽吗？还是什么东西？"

虽然韦伯希望有一点光可以照明，但是如果有伏兵藏身在这片黑暗中的话，点灯就等于告诉敌人自己的所在位置。像这种情况之下，最好还是依循魔术师的习惯，强化视觉看穿这片黑暗。

"……这个嘛，小子。朕劝你还是不要看比较好。"

一向豪迈不羁的征服王讲话竟然会这样不清不楚，好像在嘴里卡了什么东西一样。韦伯听了当然觉得很不高兴。

"你在说什么！既然 Caster 不在，至少要找到他人在哪里的线索，不然要怎么做事？"

"你说的是没错啦，不过还是算了吧。小子，这玩意儿你受不了的。"

"啰唆！"

韦伯更加气愤，从战车驾驶座走到地上，马上发动暗视魔术。眼前就好像是云雾散尽一般，视线豁然开朗，隐藏在黑暗中的景象也一览无遗，清晰可见。

直到理解周围的状况之前，韦伯已经忘了自己在先前的下水道之战已经遮断嗅觉，还没解开。他还以为刚才落地时鞋底传出的水声只是因为踩到一般的污水而已。

"——什——"

韦伯·菲尔维特是一名魔术师。魔术师的伦理不受一般伦常拘束，在他心中已经做好心理准备面对各种奇人怪事。

现在自己参加的这个称为圣杯战争的仪式是一场残虐无比的杀戮，他明白在这场战斗中毫无感情用事的余地，也了解如果没有亲手堆起尸山血河的觉悟，根本没有获胜的希望。

所以韦伯早已下定决心，就算在任何意外的情况下目睹"死亡"，他都绝对不会动摇。因为这片冬木之地就是战场，看见死尸是理所当然的事情。

即使死伤的数量再庞大、即使形体已经破败到已经不能再称为人体的地步——尸骸只不过是尸骸而已。虽然他会为了尸骸的悲哀与凄惨而皱皱眉头，但是绝对能够接受任何形式的死亡。

韦伯一直都是这么想，直到现在这一瞬间。

在韦伯想象力可及的范围当中，所谓的死尸终究不过是人体的残骸，只是受到破坏之后的物体而已。但是他现在看到的景象却更超出他的想象领域之外。

如果要比喻的话，眼前的景象简直就像是一家杂货店。

这里有家具，也有服饰；有乐器，也有餐具。还有一些林林总总看不出用途的东西，说不定只是绘画或是摆设品而已。每一件物品都极尽巧思，看得出创作者穷究无拘无束的玩心以及感性的热情。

制作这些物品的工匠一定对这些素材以及作业工作深爱不已。

韦伯了解有些人在暴力中寻求快乐，更有甚者也有人因此犯下杀人罪行。但是存在于这片血染空间的尸体却不一样。

这里没有一具死尸是"受到破坏的尸骸"，每一具尸体都是创作品，是一件艺术。人类的生命与人类的形体在这段工艺过程中都被当作毫无价值的东西舍弃了——这就是曾经在这里发生过的杀戮真相。

如此极尽创意功夫的杀害，以及利用死亡来创作的行为已经完全超出韦伯精神的容忍范围。比起恐怖或是厌恶这种单纯的感情，有一种更加深刻而直接的冲击让他连站都站不住脚。等到他回过神的时候才发现自己已经四肢撑在沾满鲜血的地面，把胃里面所有东西全都翻了出来。

Rider从战车上走下来，站在趴在地上的韦伯身边，深深叹口气。

"朕不是说过了吗，早就叫你不要看。"

"少啰唆！"

巨汉从灵轻轻发出的低语让韦伯几乎已经溃决的心中最后一块矜持碎片迸出火花。

心中涌起的狂怒毫无理由或脉络可言。他好恨自己这么软弱，竟然在这里屈膝，而且偏偏是在自己的从灵面前示弱。这让他感到无比悔恨与羞耻。

"该死——竟然这么瞧不起我——该死！"

"你这傻瓜，现在还顾什么面子。"

Rider叹口气说道。不知为何，他的语气当中没有失望，也没有责备之意，沉稳的口气听起来反而像是在开导韦伯一样。

"你有这种反应就对了。如果有哪个家伙看到这个景象还不为所动的话，朕一定会抓来狠狠痛打一顿。

朕倒要称赞你的判断啊，小子。最初先收拾Caster与他的召主的确是正确的方针。原来如此，像这种人让他在世上多活一秒钟都让人觉得心中不痛快。"

"……"

就算Rider称赞自己，站在韦伯的立场，他也无法打从心底觉得高兴。他之所以把Caster当成目标，最主要是为了监督者提出作为报酬的额外令咒。这件事情他当然没有告诉Rider。因为没有哪个从灵会对束缚自己的令咒平白无故增加而感到高兴的。

Rider刚才说的话没有一句对韦伯有恶意，但是韦伯还是对昂然挺立的从灵感到难以压抑的愤怒以及厌烦。

平日言行举止总是对召主一点礼貌都没有，甚至把召主当成傻瓜看待。如果只是这样倒还好，但是最让韦伯难以忍受的是——每当这个魁梧壮汉难得想要称赞韦伯的时候，他总是完全误解状况。

"还说什么……痛打一顿！混账！你现在……现在不就一脸没事地站在那儿吗！丢脸的不就只有我一个人而已吗！"

激烈的呕吐让韦伯噎住。他眼中泛着泪，扯开喉咙破口大骂。Rider露出困惑的表情，瘪着嘴说道：

"朕嘛……朕现在打起十二万分精神，可没空又叫又闹。因为朕的召主现在可能有杀身之祸啊。"

"——嘎？"

Rider接下来的行动迅雷不及掩耳，韦伯完全没时间怀疑自己的耳朵究竟是不是听错了。

他从腰间的剑鞘中拔出塞普路特之剑，迅速向上一挥，在半空中震出一片火花。接下来他以从那副巨大身躯完全想象不出来，如同猛禽般敏捷的速度飞奔，反手朝黑暗的一角砍下一剑。

骨肉断裂的湿润声音伴随着临死的惨叫以及飞溅的鲜血红花。

韦伯难以置信地看着身穿黑衣的尸体倒地。

袭击者不知道什么时候偷偷潜伏到韦伯的背后——也不知道Rider是在什么时候察觉的。Rider最初一剑打落的是黑衣身影对着韦伯射出的短刀。想必 Rider 是凭着短刀飞来的方向看出敌人的正确位置吧。就在韦伯浑然不觉的时候，这个染血的储水槽已经变为战场了。

但是更让韦伯瞠目结舌是被 Rider 一剑砍倒的黑色身影赫然戴着一副白色骷髅的面具。

"Assassin……这怎么可能？"

这种怪事根本不可能发生。之前韦伯已经借由使魔的视觉亲眼看到暗杀者从灵被打败消灭的情况了。

"现在可没有时间惊讶喔，小子。"

Rider 低声告诫，挡在韦伯前面守护他的安全，手中依然握着剑，不敢轻忽大意。就在 Rider 的面前，又有两具骷髅面具如同幽灵般从黑暗中浮现。

"到到到……到底是为什么？为什么会有四个 Assassin？"

"这种时候什么原因理由都不重要啦。"

面对眼前这异常的事态，Rider 的态度十分沉着冷静。比起怀疑事情一连串的发展，他只关心眼前的局面。

"有一件事情可以确定——那就是认为这家伙已经死了的人全部都上当了。"

虽然韦伯大为慌乱，但是保护他的 Rider 却完全面不改色，没有可乘之机。两名 Assassin 见状，心中懊悔地咋舌。

事实上，现在这个状况对他们暗杀者来说是一大失策，毫无辩解的余地。

部署在这里监视 Caster 与其主龙之介的几名 Assassin 当中有两名已经离开，剩下这三个人留下来继续在外面监视工房。

如果可以的话，他们很想潜入工房里一探究竟。但是这里是

Caster 的阵地，不晓得有什么防护机制，他们不得不小心行事。但是此时出现的 Rider 两人竟然老实不客气地从正面展开突击，三个人看见这个情况都认为是大好机会，打算偷偷进入 Rider 突破的缺口在后跟踪，运气好的话乘此机会查出工房的防卫状况。

但是 Rider 竟然轻而易举到达工房内部，几名 Assassin 也因此出乎意料地成功侵入 Caster 的住处。意外的发展让三名 Assassin 大为兴奋，其中一人被欲望给迷了心窍，看见眼前 Rider 的召主这么没有戒心，逐渐压抑不住好大喜功的念头。

这么做当然大大违背召主绮礼的指示，但是现在的状况对 Assassin 来说实在太诱人了，如果能够在这里顺利消灭 Rider 的话，绮礼怎么可能会怪罪他们。

三个人商量之下，最后决定放手一搏——结果铸下大错。

还活着的两名 Assassin 小心揣测 Rider 下一步会如何行动，同时以眼神互相探询对方的想法。现在他们面对 Rider 是二打一，是否还要继续进行战斗……

双方毫不犹豫都只有一个答案，偷袭失败的时候他们就已经没有胜算了。计算我方与 Rider 的力量差距，单单两个人连万分之一的胜算都没有。虽然恼人，但此时还是撤退，乖乖接受绮礼的斥责总比白白成为剑下亡魂来得好。

一取得共识，两名 Assassin 立刻化为灵体，从 Rider 的眼前消失。

"他们……逃走了吗？"

正当韦伯放下心的时候，Rider 摇摇头，告诫道：

"死了两个又跑出两个——看这样子还不晓得会冒出几个 Assassin 出来。这里很危险，是他们最喜欢的环境。咱们最好赶紧撤退。"

Rider 虽然放下剑，但是没有还剑入鞘。他对着战车努了努下颚。

"小子，回到朕的战车上去。现在跑过去的话，量他们也不敢出手。"

"这个地方……就这样放着不管吗？"

韦伯指着这间他到现在还是不敢直视的工房，语气沉重地问道：

"虽然仔细调查的话说不定可以查出什么线索……不过还是算了吧。总之尽可能地破坏这里之后再离开。这样好歹也有一点战果，可以对 Caster 造成阻碍。"

和在工房外蹂躏怪魔大军的时候不一样，Rider 此时变得非常谨慎。异形魔兽大军压境而来都不是他的对手，但是相比之下，暗杀者悄无声息偷偷靠近的身影反而更加危险。

"幸存者呢——"

韦伯用嘶哑的嗓子说到一半，Rider 便以他穿破黑暗的视线仔细环顾四周，表情沉重地摇头说道：

"虽然有几个人还没断气……但是变成那副模样……杀了他们才是为他们好。"

韦伯一点都不想问 Rider 在黑暗中究竟看到些什么。

两人再度回到战车的驾驶座上。Rider 一拉起缰绳，勇猛的公牛长声暴嘶，在黑暗中迸射出阵阵雷光。

"不好意思，让你们待在这种窄小的地方。不过宙斯之子啊，还要拜托你们大闹一场，把这里烧得灰飞烟灭吧！"

随着 Rider 的叱喝，神牛的铁蹄搭搭作响，猛然在这间染血的工房中绕了一圈。雷击的铁蹄仿佛连天空都能烧焦，只要被这些蹄子踏过，剩下的就只有彻底的破坏。Caster与龙之介珍爱的噩梦收藏品在一瞬间被扫荡得干干净净。等到战车的车轮绕过第二圈、第三圈的时候，广大的储水槽中除了脂肪烧焦的恶臭之外已经什么都不剩了。

韦伯环视四周毫不留情的破坏爪痕，眼神依旧黯淡。他知道这种程度根本无济于事，郁闷感还是深深盘踞在见习魔术师的心中。

Rider宽大粗壮的手掌在表情忧郁的韦伯头上抓了两把。

"像这样把他的根据地毁掉，Caster就无所遁形了。他无路可去，之后就只能到外面来。再过不久就可以送他上路了。"

"等……我知道啦……别抓了啦！"

屈辱的对待让韦伯更加意识到自己身材矮小，他一扫脸上的忧郁表情，大发脾气。Rider放声大笑，手中操纵缰绳从原本进入的路径向外疾驶。

仅仅花了几分钟，战车脱离狭窄的下水道回到未远川上，朝向夜空奔驰。不知为何，外面寒冷澄澈的空气有一种久违的感觉，令人怀念。安稳的情绪总算让韦伯的神经得以纾缓。

"哎呀哎呀，那地方真是闷死人了——今晚真想痛痛快快地喝到天亮，去去心中的闷气。"

"……先说好，我可不陪你喝酒。"

实际上是不能喝。韦伯每次光是在旁边看着Rider一个人自斟自饮就被酒气熏得头晕脑涨。

"哼，朕才不指望你这种小鬼头能陪朕共饮。唉呀……真无趣，有没有哪个美丽的河岸可以让朕好好酩酊大醉一番……喔喔，朕想到了！"

Rider 手掌一拍，一脸恍然大悟的表情。

虽然毫无来由，不过韦伯心中充满一种不祥的预感。

−105：57：00

　　远坂凛已经做好了心理准备。

　　她已经准备好成为魔导家系的继承人，也已经准备踏上与一般少女迥异的命运。

　　在她身边一直有一个最良好的示范。那是她认识的所有人当中最伟大、最出色，也最温柔的大人。

　　对她来说，时臣这位父亲在许多方面都是一个完美无瑕的人物。虽然像她这种年纪的女孩子喜欢黏着父亲是很正常的事，但是凛认为一定没有其他女儿像自己一样对父亲抱持这么深厚的尊崇与爱意，她深深引以为傲。

　　以她的年纪应该有一些梦想，长大后想要成为歌星，或是当一位漂亮的新娘子。但是凛的愿望却截然不同。

　　职业只是其次，她最大的愿望是成为一个像父亲一样了不起的人物。

　　这意味着她选择与父亲相同的人生，接受与父亲相同的命运——换句话说，她要继承远坂家的魔导血脉。

　　不过她的这番想法还不很坚定，称不上是一种决心。首先，她必须获得师父也就是父亲本人的首肯才行。目前父亲从未对凛说过任何有意将自己一家之主的地位交付给她的话，凛对于这点也有一丝丝不安，说不定父亲认为自己的素养不够，未来无法成为魔术师。

即使如此，凛总是希望自己有足够的能力成为魔术师。所以她也很自豪已经做好比一般人更深刻的觉悟了。

对于现在发生在冬木市的事情，凛当然比学校的同学了解更多得多。虽然还比不上父母亲知道得那么透彻，但是她知道的事情已经比路上大多数的大人们还要更接近事实真相。

她知道包含父亲在内的七位魔术师正在争战。

她知道现在这座城市夜晚的黑暗中到处充斥着甚至会危害生命安全的怪异。

就是因为凛知道实际状况，所以让她现在备受责任感的苛责。

她的朋友琴音昨天缺席，今天也还是没来学校上课。

虽然班主任说琴音是因病请假，但是班上流传的谣言却又是另一回事。

就算凛尝试打电话到琴音家里，琴音的父母也不理会她。

现在冬木市接二连三发生的儿童绑架案不是那种光靠一般搜索行动就能解决的简单案件，如果把事情交给警察侦办的话，失踪的孩子们恐怕永远都回不来了。学校的老师、琴音的父母以及朋友们绝对不知道这件事，唯有凛一个人心里明白。

琴音总是黏着凛。每当她被班上的男孩子欺负，或是一个人处理不完图书室委员的工作的时候，凛的职责就是从旁帮助她。对凛来说，像这样受到班上许多同学的依赖以及尊敬也是她心中小小的骄傲。因为这也是一个最好的机会，可以实践父亲教导的家训——"无论何时何地都要保持举止从容而优雅"。

琴音现在一定伸长了脖子等着凛去救她。

照理说其实应该要拜托父亲这位真正的魔术师去处理才对。但是父亲正是参加这场"战争"的几位当事者之一，从上个月开始就关在深山町的宅邸中闭门不出，这几天连打个电话聊几句话都不行。母亲也严格命令凛千万不可以打扰父亲。

当然，母亲也告诫她晚上绝对不能到外面去。

凛总是乖乖听从父母的吩咐，但是她不能舍弃需要帮助的朋友不管。

因此——一个失眠的夜晚就已经是凛忍耐的极限了。

事实上，凛这时候的认知还只是一知半解，甚至可以说太过幼稚。

她还没发觉光靠义务感或是良心苛责这种未经思索的理由，是绝对不可以踏进这片领域的。

比起受到结界保护的远坂宅邸，想要摸出禅城家简直易如反掌。

溜出寝室的窗户，攀着阳台的支柱向下滑到院子里，接下来从树篱下钻过，走出后门来到围墙外边。

凛只花不到五分钟就跑出来了，只是回去的时候没办法使用同样的路径。阳台的支柱太光滑，可以向下滑，但无法抓着往上爬。

今天晚上自己偷溜出来的事情一定瞒不过父母亲，到时候想必会受到他们严厉的教训。但是凛已经下定决心了，她不是为了什么见不得人的事才违背父母吩咐。正因为她身为高贵远坂家的一分子，希望可以独当一面，所以现在才打破禁令。她回来的时候一定会带着琴音一起回来，不管父亲或母亲脸上摆出再吓人的表情，他们心中一定会赞许凛的所作所为。

凛身上的装备有三件。

其中她最仰赖的是上次生日父亲才刚送给她的魔力指针。在旁人眼中看来，它的形状与构造都像是手持式的指北针，但是这个指针不会指向北方，而是指着散发出强大魔力的方向。虽然只是一件非常简易的魔导器，但是凛已经利用这个指针学习到就连风的流动或是潮汐涨退都是一种细微的魔力移动。如果想要寻找什么奇怪状况发生的场所，这个指针一定可以派上用场。

另外还有凛在修习宝石魔术时当作功课所精炼出来的两枚水晶片。她选出以前制作的水晶片中最好和第二好的成品。只要把水晶片中填充的魔力一口气解放出来的话，应该会引发一阵小小的爆炸，虽然她从来没有做过这么危险的事情……遇到什么万一的时候一定可以当作保护自身安全的武器。

就凭着这些装备还有自己的实力，凛一心想要找到琴音，把她带回家。

如果问她这样放心吗，她一定会面不改色地点头答应。

如果再问她这样真的放心吗，她一定会嘟起小嘴，不高兴地点头答应。

如果继续问她是不是千真万确绝对安全——说不定她就会词穷，不晓得该怎么回答。

对凛来说，这本来就是一个既坏心又没有意义的问题。比起考虑这些事，应该先关心琴音是否平安无事。如果问她假使琴音今后再也不会到学校来上课，她也能接受吗。这样的问题凛就能毫不犹豫地立刻回答了。

只要鼓起所有勇气与自尊心，一般的事情大概都吓不倒凛这孩子。她赶走想要偷偷钻进心中的胆小鬼，打起精神快步朝最近的车站前进。冬木新都就在下一站，用手上的零钱就够付电车费了。

×　　×　×　×　　　×　×　×　　　×　×

凛已经有一个礼拜没有呼吸到冬木夜晚的空气。现在完全已经进入冬天，刺骨的寒气让她热呼呼的身躯感觉很舒服。

如果能在最后一班电车开走之前找到琴音就好了——在凛的心中还怀抱着这样天真的希望。这么一来，距离时限还有两个小时多一点点，时间绝对算不上充足。

总之第一步先调查新都。如果到深山町去的话，魔力指针自然只会一直指着远坂宅邸，而且也可能被父亲发现。

以大人的标准来看，现在应该不是晚上多晚的时间，但是街上来往的人潮却出奇地少，上班族打扮的人们像是急忙赶着回家，脚步看起来都很仓促。虽然现在不是周末假日的晚上，但是平常走在夜晚街道上的人潮应该更多一点才对。

凛马上打开魔力指针的盖子——指针的反应却让她不知所措。

"……这是怎么回事？"

如果在平常，指针只会呆呆地一边摇晃一边轻颤，但是今天晚上指针却忙碌地转个不停，凛还是第一次看到这种反应。看到指针就像是一只受惊的小动物发了疯似的乱转，让她觉得有些吓人。

但就算呆站在这里事情也不会自己解决，已经有几个经过的大人看到凛孤身一人没有保护者随行而留下惊讶的侧目眼神。总之必须先移动才行。

一旦离开中心干道，人烟更显得稀少。凛微微有一种寒凉的异样感觉，这真的是她熟悉的冬木市街景吗？

事实上冬木市已经发布夜间宵禁了。猎奇杀人与绑架事件接二连三发生，再加上前天晚上新都与港湾区连续发生恐怖分子的爆破行为。警察已经呼吁市民在晚上尽量不要外出，聪明的平民都乖乖遵守这项呼吁。

就算警方没有对外发布警戒宣告，愿意在晚上出门的市民应该也不多吧。只要是直觉比较敏锐的人应该都已经下意识地察觉现在冬木市的黑夜中潜藏着某种危险的东西。

"——啊，糟糕。"

看见警示灯的红色闪光，凛赶紧藏身在暗巷阴影当中。巡逻中的警车慢慢地从眼前滑过，警察如果发现现在有小孩子一个人晚上在新都街上游荡的话，绝对不可能放任不管。万一被逮到，凛就没办法寻找琴音了。

见警示灯的灯光走到看不见的远方，凛终于安心地——

喀当。

——原本因为安心而正要吐出的叹息又被她吞了回去。

声响来自她躲藏的暗巷深处，好像是脸盆或是什么东西翻倒的声音。可能是野猫正在翻食垃圾也说不定，现在还不能确定巷子里面有人在。

凛很自然地低头看了魔力指针一眼，再次吸了一口气。

指针静止不动了，仿佛像是冻结了一般指着巷子深处动也不动。

传出声响的方向有东西，一个散发出强烈魔力的异样东西。

"……"

这不正是自己期待的成果吗？

搜索行动一开始就有了眉目，这不是一个很幸运的开始吗？凛接下来还要走遍整个冬木市，探索一个个可疑的场所，确认琴音有没有在那里。现在她已经找到了第一个地点。

来吧，走进巷子里面，亲眼看看那里有什么吧。

"不要。"

说不定立刻就能找到关于琴音的线索，或者说不定琴音本人就在那里。

"绝对不要。"

没有什么好犹豫的，要不然大老远跑到这里来就没意义了。凛不是一个懦弱的女孩，也不可能弃朋友于不顾。因为她是拥有古老历史的远坂家族的一员；因为她必须要用勇气证明自己有能力完全继承父亲的衣钵。

"不要不要不要绝对不要不不不不不不不——"

传来一声湿润的水声。她听到隐藏在暗巷深处的某个东西的呼吸声，好像在舔舐着什么，又好像在地上爬行似的，发出啪嗒啪嗒的声音。

现在凛终于真正明白了。这场原本希望能找回与好友之间的和平生活而展开的探索绝对找不到她期望的结果。

琴音没有在这片黑暗深处当中。

就算她人在这儿，也只剩下不再是琴音的其他东西。

凛今天晚上如果想要在新都的黑暗中寻找琴音的话，最初就应该以她的……为目标开始找起才对。

"不……要……"

简单说来，凛确实拥有极为优异的魔术素质。

因为她用不着亲眼看到，也不用接触到怪异的真面目，光从气息与直觉就能理解现在自己正暴露在多大的危险当中。

所谓的魔术就是容忍死亡、接受死亡——这就是所有见习魔术师在修习的过程中必须跨越的第一道障碍。

凛根本避无可避，也无法理解这个道理。"死亡"的冰冷触感竟是如此真实、如此令人绝望。

此时年幼的凛被迫亲身体会到魔导的这种恐怖本质。

她全身仿佛冻结般动弹不得，就连尖叫声都发不出来。异常的恐怖已经足以震慑住小小年纪的少女。

凛的耳朵开始听见奇怪的耳鸣声，她认为那是粉碎心灵的寒冷绝望感所造成的，现在自己的思考，包含五官的感觉正要开始崩坏。

低沉的嗡嗡声听起来似乎单调，但是狂暴而凶猛，具有攻击性。就好像是特大号的胡蜂成群朝着自己袭击过来一样……

耳鸣声的音量愈来愈大，愈来愈靠近。

下一秒钟，漆黑的雾状体仿佛向凛的头顶罩下一般，一齐冲进暗巷里来。

那个发出恐怖声音的东西就像是一股浊流般，一边扭转一边通过凛的头顶，以猛烈的速度朝暗巷内的黑暗处冲过去。

紧接着响起一阵令人毛骨悚然的惨叫声，听起来好像是猫被活生生烹杀的声音——但是那奇怪的声音绝对不是猫发出来的。

凛的精神至此再也撑不住了。

她眼前愈来愈暗，站不住脚。就在倒地的那一瞬间，她感觉自己被什么人轻轻抱住。

在她眼前出现一个只有左脸的怪物。

丑陋脸庞扭曲僵硬，还有一只如同死鱼般混浊的眼睛。

但是与恶心左脸对称的右眼却流露出寂寥，让人为之心痛的悲哀神色。

之前她曾经在某个地方看过这种眼神——

这是凛在失去意识之前最后的思考。

×　　　×　×　　　×　×　×　　　×　×

当远坂葵发现女儿的身影不在寝室时，已经是凛离家一个小时后的事了。

或许是因为小孩子的良心不安吧，床边桌上留有一张写有道歉话语的留言，内容写着凛要回冬木市寻找失踪的同班同学。

后悔之意让葵眼前一阵晕眩。即使在吃晚餐的时候，凛还是很关心她那位叫做琴音的朋友，好几次追问葵关于冬木市的现状。

那时候葵不该含糊其辞，就算狠下心来她都应该解释清楚让凛明白——要她忘了那位朋友。

应该要联络时臣——葵用理性压抑住心中的呢喃。

葵虽然没有魔术素养，不过她毕竟是魔术师的妻子。她很清楚现在丈夫时臣的状况不容许他分心去顾虑女儿的安危。他现在正身处在战场上，身边的局势让他必须全神贯注，全力以赴以保住自己的性命。

如果有人能够保护凛，那就只有自己了。

葵没有换衣服就直接冲出禅城家，在夜晚的国道上飞车回到冬木市。

她不知道上哪儿去找凛，只能猜测凛的活动半径，一处一处寻找。

如果凛是坐电车回到冬木市的话，活动的起点就是冬木车站。从冬木车站开始，小孩子的脚程约三十分钟的范围……

第一个浮现在她脑海中的地方是河滨的市民公园。

深夜公园的寂静让人联想到墓园。

广场上毫无生人气息，无用的照明灯四处照出一个个空荡荡的空间，反而让盘据在空间之间的黑暗显得更加深邃，让周围的寂静更加阴森吓人。

冬木市夜晚的气氛已经明显变质了。葵与魔术师在一起生活，对于某种程度的怪异已经习以为常，她能确实感受到这异样的气息。

葵的视线最先寻找平常和凛一起来玩的时候，自己最喜欢坐的长椅，这可以说是某种直觉。

她在寻找的小小红色毛衣身影果真就在长椅上。

"凛！"

葵不禁大叫一声，向长椅跑过去。凛好像已经失去意识，横躺在长椅上一动也不动。

葵抱起女儿。凛的呼吸虽然浅但是很规律，也能够确实感受到她的体温，看上去也没有任何外伤，看来她好像真的只是睡着了。葵放下心中的大石头，眼角忍不住渗出泪水。

"太好了……真的…太好了。"

究竟应该向谁表达这份感谢之意。虽然葵因为喜悦，连思考都有些迟钝，但是等她恢复冷静之后，她赫然察觉有一道视线，有个人从长椅之后的草丛注视着她和凛。

想要保护怀中女儿的母性凌驾于恐惧之上。

"……是谁在那里？"

葵紧张地唤道。藏身草丛的人影没有逃开，反而慢慢出现在街灯的灯光之下。

那是一名全身裹着宽松风衣，头上的兜帽戴得很深，遮住脸庞的男子。他的左脚好像带伤，走起路来有些不灵活。

"我就知道只要在这里等，你一定找得到。"

神秘人影发出有些沙哑的声音说道。他的声音很低，掺杂着气喘声，就好像罹患末期癌症一样，连呼吸都会让他感到痛苦。但是语气中透露出的感情却非常温柔而慈和。

虽然声音已经完全变了调，但是葵却还记得这个说话的口吻。

"……雁夜？"

人影停下脚步，犹豫了一会儿之后缓缓脱下兜帽，在街灯下露出脸部。

苍白枯发已经丧失原本的颜色与光泽。脸庞看起来非常可怕，左半张脸肌肉僵硬，呈现出有如亡者的痛苦相貌。

虽然葵忍住惊叫声，还是不禁让畏惧的喘息透了出来。雁夜用他还能活动的右半张脸露出哀戚的微笑。

"这就是——间桐家的魔术。奉献血肉、让生命被侵蚀……以自身为代价所成就的魔导。"

"什么？这是怎么回事？为什么你会在这里？"

葵的脑海中一片混乱，不断追问眼前的童年玩伴。但是雁夜没有回答她任何一个问题，以轻柔的语气继续说道：

"可是小樱她不会有事的。在她变成这样之前……我一定会把她救出来。"

"樱——"

在这一年当中，远坂家绝口不提这个禁忌的名字。被压抑的离别痛楚又在葵的心中涌起。樱。被奉献给间桐的远坂家之女。

这么说起来，雁夜最后出现在葵母女面前的时候不也正好是在一年之前吗？

"脏砚想要的东西只有圣杯。我和他约好，只要我赢取圣杯，他就会放小樱走。"

雁夜口中吐出"圣杯"这个名词让葵陷入一种形同晕眩的寒意当中。

她发自内心希望自己听错了。但是雁夜却好像背叛葵的想法似的，伸出右手手背让她看。三道不祥的令咒清清楚楚刻印在他的右手背上。

"所以我一定会夺得圣杯……你不用担心，我的从灵是最强的，不可能输给其他人。"

"啊啊……怎么会……"

恐怖以及悲伤，两种感情混乱交杂逼得葵说不出话来。

雁夜回归间桐家，带着从灵参加圣杯战争。

这件事实同时也等于预告她的丈夫终究将会和她的童年玩伴展开一场以血洗血的残酷杀戮。

"怎么会这样……神啊……"

但是雁夜没有注意到葵的悲叹，他完全误会了葵眼眶中泪水的涵义。

"对现在的小樱而言，就连抱着一线希望都只是痛苦的折磨。

所以……请你代替那孩子相信并且祈祷。为我的胜利祈祷，还有为小樱的未来祈祷……"

亡者的空洞左眼如同发出咒怨般瞪视着葵。

童年玩伴的柔和右眼如同追求希望般祈求着葵。

"雁夜，你……"

想寻死吗？

杀了时臣，然后一死吗？

就算她想这么问，但是却说不出口。绝望渐渐把葵的内心抹成一片漆黑。

葵低下头，用力紧紧抱住怀中的凛。她只能用这种方式逃避残酷的现实。

葵的双眼紧闭，只有雁夜轻柔又哀戚的声音传进她的耳里。

"总有一天，小凛和小樱会恢复原本的姐妹关系……我们大家一定可以像从前一样在这座公园一起玩耍。

所以请你不用再流泪了。"

"雁夜，等等——"

没有人回应她最后的呼唤。拖着左脚的脚步声缓缓渐行渐远。葵没有勇气起身追上去，现在的她只能紧抱着唯一的爱女，以泪洗面。

只有凛一无所知的睡脸安详地承受母亲的泪水。

×　　　×　×　　　×　×　×　　　×　×

无声无息，也没有其他人看见其身影，潜伏在黑暗中的 Assassin

159

将他所目睹的一切以念话传达给绮礼知道。

"就这样放着远坂时臣的夫人与小姐不管好吗？"

"——不要紧。继续监视 Berserker 的召主。"

"遵命——"

虽然 Assassin 点头答应，但是他完全不了解这样的偷窥行动对圣杯战争究竟有什么帮助。

昨天，召主绮礼的命令中新增了一项奇怪的条件，指示 Assassin 仔细观察关于敌方五位召主的私生活、兴趣喜好以及个性，并且如实详细报告。因为这道命令，让散布在冬木市各处的所有 Assassin 都不得不把监视的密集程度增加到一倍以上。即便是现在，仍有许多藏身在各处黑暗中的 Assassin 对召主的意图感到不解吧。

总之命令就得遵守，不问是非。虽然多费工夫，但也不是什么困难的工作，没有任何可以反驳的理由。

Assassin 在黑暗中奔跑，继续追踪间桐雁夜。

−103：11：39

夜晚再次造访艾因兹柏恩森林。

与昨晚不同，这是一个寂静的暗夜。但是在各个地方留下的激战爪痕依旧让人看了触目惊心。

来自本国的女侍们特地打理的城堡内部也因为卫宫切嗣与艾梅罗伊爵士的战斗而变得残破不堪。就算想要修补破坏的痕迹，但是能够交办杂事的女侍现在都已经全部回国了。爱莉斯菲尔叹口气，一边努力不要去在意这片破败到几可称为废墟的颓圮走廊，一边走过。

没有遭到破坏的寝室所剩不多，爱莉斯菲尔已经让久宇舞弥在其中一间休养。虽然她已经亲手使用治愈魔术治疗，但是艾因兹柏恩的魔术治疗本来就对受术者的负担非常大。艾因兹柏恩的治愈魔术起源于炼金术，并不是让伤者原本的肉体再生，而必须用魔力炼制出新的肉体组织移植在伤者身上，使新组织适应伤者的身体。这种方法如果用来修补人工生命体当然没有任何问题，但是如果应用在治疗人类，以现代医学来比喻的话，就等同于器官移植的大手术。

精疲力竭的舞弥现在处于深度昏睡的状态。在她恢复意识，身体能够自由活动之前还需要花上一段时间吧。

一想到自己受到 Saber 的剑鞘保护，更让爱莉斯菲尔为了舞弥的重伤而感到内疚。但是考虑到圣杯战争中各自扮演的角色重要性，保护爱莉斯菲尔的优先程度当然比舞弥还要高出许多，这个显而易见的事实是不会改变的。因为同伴的伤势比自己重而感到心痛，只能说这是一种天真的感伤情怀。

另一方面说到切嗣，在负伤的舞弥被送进城里的时候他正好出城离开，到现在还没回来。他甚至没有告知爱莉斯菲尔与Saber要去哪里——这恐怕是因为他打算去追杀从自己手中逃脱的肯尼斯·亚奇波特吧。就算不用切嗣说明，爱莉斯菲尔光看情况也能看出没杀死敌方魔术师的原因在于Saber。但是切嗣还是一如往常，没有因为这件事责备Saber，也没有表现出愤怒的情绪。他只是以冷淡的忽视态度应付Saber之后扬长而去，也不晓得他知不知道这么做比任何责备或是咒骂更伤害Saber的自尊。总之双方之间的嫌隙肯定会因此愈来愈深、愈来愈难以弥补。

就在爱莉斯菲尔操心丈夫与骑士王的未来而长叹的时候，震耳欲聋的轰隆声响粉碎夜晚的寂静。不只如此，爱莉斯菲尔的魔术回路受到强烈的负荷压迫，几乎让她昏倒在走廊上。

轰隆声响正是来自于不远处的雷声，与雷声同时而来的魔力反馈代表城外森林的结界遭到破坏。而且不光只是冲破结界而已，这股反馈正如字面上形容的，是因为结界术式本身完全被拆毁所造成。

"竟然……想要正面突破吗？"

爱莉斯菲尔难过地低声说道。有一只纤细而强有力的手腕把她的肩膀扶起来，Saber察觉异变发生之后便立刻像一道疾风般赶到她身边。

"你没事吧？爱莉斯菲尔。"

"没事，只是有点出乎意料罢了。我没想到竟然要迎接这么粗暴的客人。"

"我出去看看，你尽量不要离开我身边。"

爱莉斯菲尔点头回应。与前往迎敌的 Saber 同行，代表她自己也要面对敌人。就算如此，只有 Saber 这最强从灵的身旁才是战场上最安全的地方。

配合爱莉斯菲尔的速度，两人快步跑过荒废的城堡内，目的地是围绕着挑高大厅的阳台。她们应该会在那里遇见突破正门攻进来的敌人。

"刚才那声雷鸣，还有那不知节制的力道……敌人应该是 Rider。"

"我想也是。"

爱莉斯菲尔想起前天在仓库街见识到宝具"神威的车轮"的强大威力。雷光环绕的神牛战车——那么厉害的抗军宝具如果彻底解放的话，也难怪森林中设置的魔法阵基点会被连根拔除。结界的状态如果够完备的话也就罢了，不过式前不久才被 Caster 与肯尼斯搞得乱七八糟，叫人懊恼的是敌人竟然在结界还没重新调整完毕的时候进攻。

"喂，骑士王！朕特地来找你啰，怎么还不快点出来啊。"

对方好像已经进入正门。正如两人所料，大大方方地在大厅上呼喊的声音确实是征服王伊斯坎达尔。粗豪的声音有些走调，听起来拉得长长的，不太像是要来寻衅的样子。

但是 Saber 已经把意识转换为战意，一边奔跑一边让白银色的铠甲现形，罩在西装之外。

爱莉斯菲尔与 Saber 终于穿过走廊，来到可以一眼望尽大厅的阳台上……敌方从灵昂然站在从采光窗射进来的月光之下，他的模样顿时让两人哑口无言。

"……"

"喔，Saber。朕听说你们盖了一座城堡，所以来看看——可是这城堡真是寒酸啊？"

Rider 老大不客气地露出雪白的牙齿，咧嘴笑道，同时懒洋洋地扭动脖子，发出嘎啦嘎啦的声音。

"院子里的树木这么多，进出实在很不方便，走到城门之前还差点迷了路。朕已经帮你们把树稍微砍掉一些了，你可要谢谢朕啊，视野已经变得非常好了。"

"Rider，你……"

Saber 虽然绷着脸开口唤道，但是眼前的光景太莫名其妙，实在让她说不下去。反倒是 Rider 露出狐疑的表情，皱起眉头。

"喂，骑士王，你今天晚上没有穿现代风格的服饰吗？干嘛从头到脚都穿着这种俗里俗气的战甲？"

如果把 Saber 身穿铠甲的模样说成俗气的话，Rider 穿着洗旧牛仔裤和一件 T 恤的打扮又该如何评价才好？Rider 那雄伟隆起的厚实胸膛上，他志得意满夸耀的标志其实是游戏的标题 Logo。考虑到 Saber 的尊严，也只能说"无知是一种幸福"吧。

韦伯·菲尔维特一边把半个身子藏在 Rider 巨大的身躯后面，一边抬头看着爱莉斯菲尔和 Saber 两人，一脸不知道是敌意还是畏惧的奇怪表情。双方还没有说上一句话，他的脸上已经大大地写着"好想快点回家去"。

爱莉斯菲尔从前也听说过古代的伊斯坎达尔王对侵略地的异文化表现出异于常人的兴趣，常常率先穿上亚细亚风格的衣裳而吓到身边的属下。只是她万万没想到眼前的 Rider 竟然是因为看到 Saber 穿着西装的模样，才这么执着于现代世界的服装。

更奇怪的是今天晚上 Rider 手上拿的东西不是武器。

而是一个大木桶。

那东西怎么看都是橡木做的普通酒桶。Rider 用他筋肉壮硕的手腕将酒桶轻轻抱在腋下，模样看起来就像是一个来送酒的年轻酒店老板。

"你……"

第二次开口却又语塞，Saber 深呼吸让自己冷静下来，压低着嗓音继续说道：

"Rider，你到底是来做什么的？"

"你看了还不明白吗？当然是来找你喝一杯啊——好了，不要杵在那里，快带路。你们这里没有什么适合举办宴席的庭园吗？这座破城里面到处都是尘土，真让人受不了。"

"……"

Saber 厌烦地叹口气，蕴含在胸口中的强烈怒气都消散了。面对这么不正经的对手，她也没有多余的力气可以一直维持战意。

"爱莉斯菲尔，该怎么办？"

就算 Saber 征询自己的意见，但是爱莉斯菲尔也和她一样，不知道应该如何是好。

虽然我方的结界被破坏让她感到愤怒不已，但是看到 Rider 那么松懈的笑容，对他发怒的话反而显得不理智了。

"是陷阱吗……他不是那种要小手段的人吧。难道真的只是来喝酒的？"

仔细一想，Rider 先前已经公开说过，在 Saber 与 Lancer 分出胜负之前不会和 Saber 交战。如果那是英灵以自身尊严所立下的约定，那么他今天晚上突然攻过来也实在说不过去。

"那个男人，会不会是真的很想博取你的好感？"

"不，这显然是一场挑战。"

Saber 虽然已经收起战意，但是她的表情仍然很严肃。

"挑战？"

"是的。……我是国王，他也是一国之王。如果他明知双方的身分，还要找我喝酒的话，那这就是一场不用武器的'战斗'。"

可能是听见 Saber 的低语，征服王笑开了嘴，点头说道：

"哼哼，你很清楚嘛。如果不想舞刀动剑的话，那就来举杯共饮吧。骑士王，今天晚上朕可要好好问一问你的'王者气度'，你可得做好心理准备了。"

"有趣，我愿意接受。"

Saber 毅然接受挑战，她的脸庞散发出与上战场时相同的凛然英气。事情演变至此，爱莉斯菲尔终于明白这不是开玩笑，而是一场真正胜负的开始。

×　　　×　×　×　　　×　×　×　　　×　×

宴会场所的地方是城堡中庭的花园。昨天晚上战斗的伤害并没有波及到这里，还算是一处能够拿来招待客人而不至于丢脸的地方。室外的寒冷在此时就不重要了。

隔着 Rider 带来的酒桶，两名从灵盘起双腿，以轻松的姿势泰然对座。爱莉斯菲尔与韦伯则并排坐在左侧，两人心中虽然对难以捉摸的情势感到惴惴不安，但是双方已有默契暂时休战，他们还是在一旁静观局势的发展。

Rider用骨节隆起的拳头敲开酒桶盖，芳醇的红酒香气立刻弥漫在夜晚中庭的空气中。

"虽然形状有点奇怪，不过这可是这个国家传统的酒器喔。"

Rider说着，自豪地拿起一支竹制柄勺。不晓得是幸还是不幸，在场没有一个人有足够的知识能指正他的错误。

Rider首先用柄勺将酒桶中的红酒舀起，一口饮尽。

"传说圣杯会交付给合适的人选……"

Rider沉稳地说道，首先揭开话题。虽然很少看到他以这么严肃的口吻说话，但是不知为何一点都没有格格不入的感觉。

"虽然这场在冬木展开的竞争就是决定合适人选的仪式——但如果只是确定人选的话，不见得一定要见红。如果英灵对彼此的'器量'都可以接受的话，答案自然就会出现。"

"……"

Saber勇敢接过Rider递出的柄勺，同样也舀起一勺酒桶中的酒。

虽然她娇小的身躯让人担心她究竟会不会喝酒，但是Saber饮酒的模样却和巨汉从灵不分轩轻，都是一样豪迈痛快。Rider见状，露出愉快的微笑。

"你的意思是说，首先想和我一较'器量'高低是吗? Rider。"

"没错，因为我们双方都自称为'王'，当然不能不谈谈'器量'。说起来，这不是'圣杯战争'，而是一场'圣杯问答'……骑士王与征服王，究竟谁的器量比较适合成为'圣杯之王'? 只要一问杯中物，自然就会明了。"

Rider 认真说完之后，嘴角忽然一歪，露出狡黠的笑容，装出一副捉弄人的口气对某处说道："对了，我记得好像还有一个家伙也坚称自己是'王者'呢。"

"玩笑到此为止，杂种。"

如同回应 Rider 的发言一般，众人的眼前绽出一道刺眼的金光。

Saber 与爱莉斯菲尔对这抹嗓音、这道光芒的印象很深刻，都为之一凛。

"Archer，你怎么会在这里……"

Saber 神情紧张地问道，回答她的则是表情自若的 Rider。

"没有啦，我在街上看见这家伙，所以姑且也约了他——你怎么这么慢，金闪闪。不过你和朕不一样，是走过来的，也怪不得你啦。"

穿着闪亮铠甲的 Archer 终于现身，如同红宝石一般鲜红的眼眸傲慢地直视 Rider。

"没想到你竟然选这种狭小又让人透不过气的地方举办'王者的筵席'，光凭这一点就看得出你有多少斤两了。劳驾本王特地前来，你打算怎么赔罪？"

"别说这些气闷的话。来，晚到的人要先干一杯。"

Rider 大笑，对 Archer 的话一笑置之，一边将盛着酒的柄勺递给 Archer。

Archer 怒气腾腾，怎么看都觉得他非常不友善。原本以为 Rider 的态度一定会激怒他，岂知他竟然很干脆地接过柄勺，二话不说就把勺内的酒喝干。

爱莉斯菲尔脑海里又想起 Saber 把这场酒席称之为"挑战"的那句话。

既然这位目前还不知道真名的英灵 Archer 也自称为王的话，他也无可避免一定要接受 Rider 煮酒论英雄的挑战。

"——这是什么低等劣酒？你们以为用这种劣酒真的可以估量英雄的器量高低吗？"

Archer 喝完勺中的酒，却露出厌恶的表情把酒吐掉。

"是吗？从本地市场买来的酒当中，这可是相当不错的上等好酒喔。"

"会这么想是因为你不知道什么才是真正的酒，低贱的杂种。"

Archer 嗤之以鼻，在他身旁的空间开始旋转扭曲。韦伯与爱莉斯菲尔看过这幅景象，知道这正是产生无数宝具的奇异现象之前兆，顿时感到全身发冷，就要站起身来。

——但是今天晚上 Archer 在身边召唤出来不是武具，而是一组以绚烂宝石装饰的酒器。沉甸甸的黄金酒瓶中盛满了透明无色的液体。

"看清楚，好好学着。这才是所谓的'王者酒酿'。"

"哦哦，这真是太好了。"

Rider 完全不把 Archer 的羞辱当成一回事，喜滋滋地将新到手的酒分别倒在三支酒杯中。

Saber 对来历不明的 Archer 所抱持的警觉心似乎比 Rider 更高，对于黄金酒瓶中的酒虽然有一些踌躇。但是她并没有拒绝，也接过 Rider 交给她的酒杯。

"呜喔，真好喝！！"

先喝下酒的 Rider 圆睁着双眼大声叫好。这么一来 Saber 的好奇心也胜过了警觉心，再说此时此地是要比较众人的器量高下，别人倒的酒怎么可以留下。

在酒水入喉的那一瞬间，整个脑袋仿佛胀大了一倍，强烈的幸福感觉重击 Saber。真是过去从未品尝过的顶级美酒，口味既强烈又清新，既香醇又痛快。过于强烈的味觉快感盖过了嗅觉，甚至连视觉或触觉都变迟钝了。

"真是太棒了！这酒一定不是人手酿造出来的，是不是神话时代的玩意儿？"

听见 Rider 出言盛赞，Archer 同样也悠然一笑。不知何时他也盘起双腿坐在上座，满意地轻摇手中酒杯。

"那当然。不管是美酒或是刀剑，在本王的宝库中只有至高无上的财宝——光是这一点就足以决定身为王者的器量高低了吧。"

"真是胡言乱语，Archer！"

凛然出言斥喝的人是 Saber，她已经渐渐对现场这种愈来愈亲昵的气氛感到烦躁。

"竟然以酒窖收藏评论王者之道，简直荒谬。胡言乱语是小丑的工作，不是王者该为之事。"

面对 Saber 的愤怒，Archer 只是冷哼一声。

"真是难看，在宴席上连美酒都不能共享的无趣之徒才没资格称王吧。"

"别吵别吵，双方的指责都很没内容喔。"

Rider 一边苦笑，一边阻止还想开口反驳的 Saber。他对着 Archer 继续说道：

"Archer，你的顶级好酒确实适合盛装在最珍贵的酒杯里——可是很不巧的，圣杯不是酒杯。

这是一场考验谁最有资格拿到圣杯的圣杯问答，先听听你有什么伟大的愿望寄托于圣杯之上，不然根本谈不下去。说吧，Archer。身为一方之主，你能说出什么大道理让我们两人都为之倾倒吗？"

"少在那发号施令，杂种。第一，'争夺圣杯'的这项前提就已经违反常理了。"

"嗯？"

看到 Rider 皱起眉头，露出诧异的表情，Archer 好像很无奈似的叹了口气。

"真要说起来，那原本就是属于本王的物品。追溯起源，世上没有一件宝物不是出自本王的宝库。虽然时间过得久了些，总是有些东西会遗失，但是那些宝物到现在还是属于本王的。"

"那你在以前曾经持有圣杯吗？你的意思是说你知道圣杯的真实面貌是什么东西？"

"不知道。"

Archer 口气平淡地否认 Rider 的追问。

"不要用杂种的标准来判断。本王拥有的财宝总数早就已经远超出本王所知，但只要那件物品是'宝物'，就可以确定是属于本王的财物。竟然想要擅自拿走本王的财宝，就算是偷盗成性也该看看对象。"

这次轮到 Saber 对 Archer 的言论感到讶异了。

"你说的话和 Caster 的疯言疯语如出一辙，看来精神错乱的从灵还不只有他一个。"

"不对不对，这也未必。"

和 Saber 不同，Rider 内心似乎已经有了什么定见，嘀嘀说道。仔细一看，他不知道什么时候开始已经把 Archer 的酒占为己有，老大不客气地自己拿起酒瓶斟酒。

"朕好像已经猜到这个金闪闪的真名是什么了。不过光是说到比朕伊斯坎达尔还要更嚣张的国王，就会让人联想到一个名字啦。"

Rider 惊人的发言让爱莉斯菲尔与韦伯都竖起了耳朵，但是他却装出若无其事的表情继续说道：

"那怎么着？Archer，如果想要圣杯的话，只要得到你的许可就可以了吗？"

Rider 笑嘻嘻地明知故问。Archer 凌厉的鲜红双眸横了他一眼。

"没错，但是本王没有理由将宝物赏赐给像你们这样的杂种。"

"你这家伙，该不会是个小气鬼吧。"

"愚蠢，应当接受本王恩泽的人只有本王的臣子与人民而已。"

Archer 大声说道之后，对 Rider 投以讥嘲的微笑。

"所以说 Rider，如果你臣服于本王之下的话，本王随时可以赏你一两个杯子。"

"……这个嘛，这是绝对不可能啦。"

Rider 一边抓抓下巴，好像还是觉得有些事情无法理解，歪着脑袋露出一脸疑惑的表情。

"可是 Archer，你并没有特别喜爱圣杯吧？也不是有什么愿望要实现才参加圣杯战争。"

"当然。但是染指本王财宝的贼子就要给予他应得的制裁，重点是原则问题。"

"你的意思是说——"

话说到一半，Rider 把杯中的酒喝干之后继续说道：

"怎么？Archer，你的意思是说在你的行为里存有何种公义？何种道理吗？"

"是律法。"

Archer 立刻回答道。

"本王身为一位王者所实行的，属于本王的律法。"

"嗯。"

Rider 似乎也接受了他的理论，不再继续问下去，深深吐了一口气。

"很完美的说法，贯彻执行自己的律法才是一国之主。

可是朕想要圣杯想得不得了啊。朕的做法是既然想要就动手掠夺，因为朕伊斯坎达尔可是征服王嘛。"

"那就没什么好说了。你犯法，本王就会加以制裁，没有争论的余地。"

"嗯，这么一来接下来就只能兵刃相见了。"

Archer 态度俨然，而 Rider 则是露出一扫疑虑的爽快表情。两人意见一致，彼此点头示意。

"Archer，总之先把这瓶酒喝完吧？要拼命的话，以后多的是机会。"

"那当然，还是说你原本打算糟蹋本王招待的美酒吗？"

"开什么玩笑，这种顶级美酒叫人怎么割舍得下呢？"

Saber 一直皱着眉头默默地看着 Archer 与 Rider 逐渐营造出一种不晓得是敌对还是友谊的交流关系。此时她终于向 Rider 开口问道：

"征服王，既然你已经承认圣杯的真正所有权属于他人，你还是要强取豪夺吗？"

"嗯？是啊，这还用问吗？朕的王道就是'征服'……也就是说所有的一切都归结在'抢夺'与'侵略'之上。"

Saber 把勃然而起的怒气压抑在心底，继续问道：

"你对圣杯有什么愿望，让你这么不择手段？"

Rider 好像有点不好意思，轻笑两声之后先喝了一口酒，然后回答道："朕要得到肉体。"

这是一个任谁都意想不到的答案。至于韦伯更是惊讶到忍不住惊叫一声，冲到 Rider 身边逼问：

"你你你你！你的愿望不是说要征服世——呀哇噗！！"

Rider 使出平时常用的弹额头伎俩让召主闭上嘴，耸耸肩说道：

"笨蛋。朕为什么要让一只杯子去打天下？征服是朕寄托于自身的梦想，对圣杯的愿望只是实现这个梦想的第一步而已。"

"杂种……你该不会就是为了这种鸡毛蒜皮的小事向本王挑战吧？"

就连 Archer 都露出讶异的表情，但是 Rider 的神情还是十分认真。

"我说你们，我们虽然利用魔力现身在这世上，但毕竟是从灵之身。对这个世界来说，我们等于是一种奇迹——真要说起来的话，就像是一个意外的访客。你们觉得这样就满足了吗？朕觉得还不够，朕要成为一个活生生的生命在这个转生的世界里扎根。"

"……"

听 Rider 这么一说，韦伯想起 Rider 总是抗拒变成灵体，喜欢维持实体的奇怪习惯。现在的他确实只不过是一种名为从灵的"现象"而已。就算他可以和人类一样说话、穿衣、饮食，但是本质上与鬼魂差不了多少。

"你为什么……这么想得到肉体？"

"因为那才是'征服'的基础。"

伊斯坎达尔紧紧握住骨节隆起的巨灵大掌，看着自己的拳头低声说道：

"以自己独一无二的肉躯抬头挺胸面对天地，这就是征服这种'行为'的一切……像这样展开行动、迈步前进、成就目标才是朕的霸道。但是现在的朕连'躯体'都没有，这样是不行的，连第一步都踏不出去。朕伊斯坎达尔需要属于自己的肉体，需要一具能够堂堂正正顶天立地的肉体。"

Archer 默默把手中的酒杯送到嘴边，不晓得有没有在听Rider 说话。但是仔细一看，在他嘴角浮现的表情与这名黄金英灵至今表露的任何感情完全不同。真要形容的话，那种表情类似一种笑容，但是 Archer 至今只有表现出充满讥嘲的笑意，现在这个笑容显得十分阴狠，让人看了不寒而栗。

"本王决定了——Rider，本王要亲手送你上西天。"

"哼哼，这种事现在还需要特别强调吗？朕也是一样。不只有圣杯，朕要把你的那个什么宝库一口气全都抢过来，你最好有所觉悟。你实在太不小心了，竟然让征服王品尝到此等美酒的滋味儿。"

Rider 呵呵大笑，他似乎没有发现还有一个人虽然一同参加酒宴，但是到现在始终绷着脸，未曾展颜一笑。

Saber 听 Rider 说这是一场探究何谓王道的问答，事实上她也是以此为目的参加这场筵席的。但是在 Rider 与 Archer 两人的言词交锋中，她却找不到任何机会参与讨论。因为她认为这两位英灵彼此陈述的意见与她身为骑士王奉为王道的圭臬实在相去甚远，与自己毫无关系。

完全只有私念而已——

那不是王者所遵循的正途。Saber 以清廉为理念，站在她的角度来看，Archer 或是 Rider 的论调根本只是一介暴君的思维。

虽然 Archer 与 Rider 都是不下于自己的强敌，但是 Saber 的心中现在正重新涌现出不屈不挠的斗志。

不能输给这两个人，绝不能把圣杯拱手让给他们。Archer 所说的话本来就没有什么道理可言。至于 Rider 的愿望，Saber 承认 Rider 具有武人的高洁，但是他的愿望毕竟只是出自个人私欲。与他们两人相比，Saber 有自信敢说深藏在自己心中的深切祈愿具有更崇高的价值。

"对了，Saber。你还没让我们听听你心中的想法。"

Rider 终于把话头带到 Saber 身上，这时候她还是没有一丝动摇。

自己的王道才是真正的骄傲。骑士王坚定地抬起头直视两位英灵，开口说道：

"我的愿望是拯救我的故乡。我要利用万能许愿机的力量改变不列颠毁灭的命运。"

× × × × × × × × ×

"没想到竟然是举办酒宴……"

远坂时臣独自坐在自家的地下工房里，已经不晓得对 Rider 依旧不变的奇异行径发出第几次叹息。

"这样放任 Archer 好吗？"

言峰绮礼的声音从魔导通信机传来，语气听来有点僵硬。时臣面露苦笑，用一句"无可奈何"打发了他的疑问。

"他贵为众王之王，有人对自己提出疑问，他当然不能逃避吧。"

只要英雄王吉尔伽美什身为从灵的潜在能力不被看穿的话就没什么关系。幸好今天晚上他们的竞争应该仅止于酒杯之上吧，只要情况不演变成刀剑相向的局面，Archer 自然也不会平白无故现出"王之财宝"。

时臣身在自己的工房却能掌握远方艾因兹柏恩城中的状况，这当然也是他们暗地里派出 Assassin 潜入城堡，将 Assassin 的报告内容经由绮礼传达给时臣知道。因为 Rider 破坏了森林的结界，也使得 Assassin 能够维持气息遮断技能的效果，直接侵入城内。

虽然这已经是圣杯战争的第四个夜晚，但是远坂时臣还没走出过深山町的宅邸大门一步。这连日来，他一直安安稳稳地藏身在自己的阵地当中，掌握各地展开的圣杯战争状况。就连其他想要神不知鬼不觉潜伏在他处的召主，他也已经调查出大致的情况了。

目前他们把注意的对象锁定在 Rider 征服王伊斯坎达尔与他

的召主韦伯·菲尔维特身上。

他们到现在还没有和其他从灵正式交战过，完全不知道其实力如何，非常让人忌惮。更麻烦的是，因为 Assassin 在 Caster 的工房犯下严重失误，让他们知道言峰绮礼与 Assassin 到现在都还健在，并未淘汰出局。

因为这个原因，使得绮礼再也无法让 Assassin 随便靠近 Rider。气息遮断的技能也有极限，虽然 Rider 看起来粗枝大叶，但是他现在应该比其他从灵还要更绷紧神经，特别防范 Assassin。绮礼也已经要求今晚潜入艾因兹柏恩城偷听的 Assassin 要务必小心，千万不要被 Rider 察觉。

"对了，绮礼。关于 Rider 与 Archer 的战力高下……你怎么看？"

"我认为一切就看 Rider 是否有比'神威的车轮'更强大的宝具。"

"嗯……"

问题就在这里。相较于剩下四名从灵，时臣现在还无法掌握和 Rider 作战的必胜法门。

Berserker 的召主衰弱状况非常凄惨，而 Caster 的处境四面楚歌，连工房也被破坏。这两组人马只要放着等他们自生自灭就可以了。

Saber 也是一样，只要她的伤势没有痊愈，Archer 就稳操胜券。Lancer 虽然还是毫发无伤，但是时臣原本视为强敌的艾梅罗伊爵士现在已经淘汰，由魔术位阶比他低的魔术师取而代之成为召主，危险性已经大不如前。

也就是说现在这个阶段，对于 Rider 以外的其他四组人马已经不必再用 Assassin 进行谍报工作了。

"绮礼……这时候尝试主动攻击或许也是一个方法。"

"原来如此。我没有意见。"

不用完全说破，在通信机另一头的绮礼也已经知道时臣心里的想法了。

如果想要获得更贵重的情报，在这时候牺牲 Assassin 也是其中一种选择。

Rider 主从两人都把注意力都放在酒席上，毫无防备，现在正是攻击的绝佳良机。在这种情况下，胜算多大并不是问题。即使 Assassin 落败，只要能够测出敌我双方的战力高下，目的就算达成了。如果顺利打倒 Rider 当然很好，就算反遭击败，只要逼得 Rider 不得不打出底牌就够了。

"要让所有 Assassin 在现场集合大约需要十分钟的时间。"

"好，发出命令吧。这一注虽然赌得很大，不过幸好对我们没有什么损失。"

对时臣来说，Assassin 只是他带领吉尔伽美什获得圣杯的一种手段，一项用完就丢的道具而已，而徒弟绮礼对他这种想法也没有任何异议。

时臣打定主意，轻松地坐在椅子上，重新交叠双腿。他拿起身边的茶壶，在茶杯中再倒满一杯茶，一边等待无情策略的结果传来，一边开始享受红茶的芳香。

Saber 正气凛然的宣言让在座所有人陷入一阵沉默当中。

最初对这阵沉默感到不解的人正是 Saber 自己。

虽然她的发言确实很强势，但是这两个人不是因为一句话就会被震慑的简单对手。而且自己说的话应该没有奇怪到让人觉得震惊，内容也没有艰深到难以理解的程度才对。

这件事很清楚也很明白。毋庸置疑地，这种理想才值得奉为王之道。不管是赞美之词或是反对声浪，应该马上会有某些反应出现才对——但是现场却是鸦雀无声。

"——骑士王，或许是朕听错了也说不定。"

好不容易才开腔的 Rider 不知道为什么，脸上一副疑惑的表情。

"你刚才是不是说想要'改变命运'？你的意思是想要推翻过去的历史吗？"

"是的，就算发生奇迹都无法实现这个愿望，但是如果圣杯真是无所不能的话，就一定可以——"

Saber 的话说到一半，这时她终于明白这股弥漫在 Rider 与 Archer 两人之间的微妙气氛是什么了。现在她面前的这两位英灵脸上正露出一副兴致萧索的表情。

"Saber，朕确定一下……那个叫做不列颠的国家是在你的时代灭亡的吧？就是在你统治的时候吗？"

"没错！所以我才无法容忍。"

Saber 对于 Rider 两人的反应甚至感到有些愤怒，说话的语气不禁急躁了起来。

"所以我才觉得后悔，希望改变那个结局！都是因为我的关系……"

现场突然爆出一阵哄堂大笑，一阵既卑劣又极为下流，仿佛将所有礼节与尊严全部一脚踢开的放肆大笑声。这阵笑声是由黄金英灵扭曲的口中发出来的。

难以忍受的羞辱让 Saber 的表情染上一抹怒意。Archer 践踏了她灵魂之中最宝贵的领域。

"……Archer，这有什么好笑的？"

黄金英灵完全不理会 Saber 的怒气，笑得上气不接下气，断断续续地说道：

"——自称为王——也被群众尊奉为王者——这样的人，竟然觉得'后悔'？哈！这种事叫人如何不笑？真是了不起啊，Saber！你真是最好笑的丑角了！"

Archer 笑得人仰马翻，难以自制。在他身边的 Rider 则是双眉紧蹙，脸上流露出平时不见的不悦神情，注视着 Saber。

"等一下——骑士之王，你给朕等一下。你竟然想要否定自己在历史当中留下的一言一行吗？"

Saber 从未对自己的理想有过任何怀疑，当然也没想到现在竟然会有人这么质疑她。

"就是这样。你们为什么觉得讶异？为什么要笑？自己身为国王奉献身心保护的国家灭亡了，我为此哀悼有什么好笑吗？"

回答她的又是 Archer 的爆笑声。

"喂喂，你听见她说什么吗，Rider？这个自称是骑士王的小妮子……竟然！竟然说出'把身心奉献给国家'这种话呀！"

Rider 还是一阵默然，没有搭理狂笑不止的 Archer，脸上忧郁的表情愈见沉重。对 Saber 来说，Rider 的沉默与 Archer 的嘲笑没两样，都是一种羞辱。

"这到底有什么好笑？作为一国之主，就应该全心全意期望自己治理的国家永远繁荣兴盛才对！"

"不，你错了。"

Rider 口气坚定又严肃地驳斥 Saber 所说的话。

"不是王者奉献自己，而是国家、百姓要将他们的身家性命奉献给王者。绝对不是相反的状况。"

"你说什么——"

过度的怒不可遏让 Saber 的声音嘶哑。

"那根本就是暴君统治！Rider、Archer，你们这种恶人才是根本没有资格成为王者！"

"没错。正因为我们是暴君，所以才是伟大的英雄。"

Rider 面不改色，平和地回应道。

"但是 Saber，如果有哪个王者为了自己的统治、为了自己造成的结果感到后悔的话，那他只是平庸无能的昏君，比暴君还更糟糕。"

Rider 与一味讪笑的 Archer 不同，仍然依循问答的形式反驳 Saber。当 Saber 发现这一点的时候，她也收敛自己的语气，决定以理论来应战。

"伊斯坎达尔，你自己不也是一样……继承人被杀，辛辛苦苦打下的帝国最终分裂成三块。对于这样的结局，难道你一点都不觉得懊恼吗？如果现在还有机会再来一次，难道你不认为还有其他拯救故国的方法吗？"

"不会。"

Rider 的回答很干脆。征服王雄赳赳气昂昂地挺起胸膛，正面凝视骑士王严肃的眼神，反击说道：

"如果朕下的决定、朕手下臣民的人生最终走上那样的结局，那么灭亡就是无可避免的。朕会为此哀悼、也会流泪，但是绝对不会感到后悔。"

"什么——"

"更遑论要推翻一切！这种愚蠢的行为对所有与朕共同创造时代的人来说都是一大侮辱！"

Rider 充满傲气的宣言让 Saber 大摇其头。

"只有武人才会把灭亡之美当作是一种骄傲，那根本不符合人民的期望。救赎才是民之所愿。"

"你说王者的救赎？"

Rider 莫可奈何地失声笑道，耸耸肩膀。

"真搞不懂，那种东西有什么意义吗？"

"那才是为王之人真正追求的愿望！"

这次轮到 Saber 语气激动地诉说着。

"遵循天理的统治、依照正道的治世。这些不正是所有臣民殷殷盼期的吗？"

"那么说，你这个王者难不成是'正道'的奴隶吗？"

"就是这样没错，为了理想而殉身才是真正的王者。"

年轻的骑士王颔首说道，语气中没有一丝犹疑。

"人民经由国王的言行举止学习何谓法治与秩序。一国之主具体传达给人民的不能是那种会随着国王一同灰飞烟灭的幻影，而是更加崇高而永恒不灭的东西。"

看着 Saber 说话时的坚决态度，Rider 甚至流露出怜悯之情，长叹一声。

"那根本不是'人'的生活方式。"

"当然不是。如果要成为一国之尊的话，怎能期望过着和凡人一样的生活。"

为了成为一名完美无瑕的君主，为了成为理想的实践者，身体舍去凡性而获得不老长生，心灵舍去私情而成为完人。少女阿尔特利亚的人生在她把选王之剑从岩石中拔出来的那一瞬间就等于已经宣告结束了，之后的她是一项名为不败的传说、一首赞美曲，也是一抹幻影。

她曾经有过痛苦，也有过烦恼，但是她拥有的骄傲更远胜于此。绝不妥协的信念至今仍然带给她力量，支持她持剑的双手。

"征服王，对于只为了自身利益而追求圣杯的你来说，一定无法体会我的王道吧。你成为霸王只是为了满足自己那贪得无厌的欲望！"

Saber 大声斥喝，仿佛对敌人砍下了致命的一击。听到这句话的 Rider 双眼猛然一睁，神情大变。

"无欲无求的王者就连一件装饰品都不如！"

Rider 暴喝一声。言语中的凶悍让他原本就庞大的身躯看起来更大了一倍。

"Saber，你说'王者要为了理想而殉身'。原来如此，生前的你应该是一个清廉又完美无瑕的圣人，想必你的形象一定既崇高又不可侵犯吧。但是有谁会对殉道这种充满苦难的人生抱持憧憬，怀有梦想？圣人可以抚慰人民，但是绝对无法领导人民。王者必须表现出明确的欲望，尊崇极限的荣华富贵才能够引导人民、带领国家！"

Rider 在杯中斟了酒一仰而尽后，继续指正道：

"所谓王者，就是比任何人都贪心，笑起来的时候比任何人都豪迈，愤怒的时候比任何人都凶暴，穷尽人性善与恶的人，所以臣子才会羡慕王者，受到王者的吸引。在每一个人民的心中才会燃起'我也要成为万人之上'的憧憬之火。"

"这种统治……究竟有什么正义可言？"

"没有正义，王道根本不需要什么正义。就因为这样，所以也不留余恨。"

"……！"

Rider 说的话实在太过果断，让 Saber 不但生气，更感到枉然。

什么才是人民的幸福。在这条基本原则上，两人之间的意见隔阂实在太大了。

一方是祈求获得安定。

一方是企盼获得繁荣。

希望平定乱世的王者与自己掀起乱世的王者，这就是双方认知上难以弥补的差异。

Rider 露出无畏无惧的笑容，继续朗声说道：

"身为众位骑士之骄傲的王者啊，或许你所提倡的正义与理想曾经一度拯救了你的国家与臣民，那想必是一件足以让你留名青史的伟大事业吧。但是你应该也很清楚，那群只有接受拯救的家伙最后踏上什么样的末路吧。"

"你——说什么?"

黄昏之下，染满鲜血的山丘。

那副景象再次在 Saber 的脑海中掠过。

"你只顾着'拯救'臣子，却不去'领导'他们。你没有把'王者的欲望'表现出来，放着失去目标的臣子不管，只顾着自己一个人装模作样，尽为了那什么漂亮的理想钻牛角尖。所以你根本不是真正的'王者'，只不过是一个被不为自己只为他人而活的王者形象所束缚住的小姑娘而已。"

"我是……"

她有千言万语想反驳，但是每当她想要开口的时候，过去在卡姆兰（Camlann）山丘上俯瞰的风景就会再次浮现于眼前。

绵延不绝的尸山血河。在那里终结的生命从前都曾经是她的臣子、朋友与亲人。

仔细一想，在她拔出石中剑的时候就有人曾经预言未来将会是毁灭之象，而自己应该早就已经做好心理准备了。

但是即使已经有了觉悟。

真正亲眼目睹了那幕景象的时候，她心中还是不禁去想，忍不住产生祈愿的念头。

她希望有一个完全不同的可能性，甚至能够推翻那位魔术师的预言。如果有这种可能性的话……

有一种危险的想象仿佛穿透 Saber 心中的空隙般浮现出来。

倘若自己不是以救世主的身分守护不列颠，而是以霸主之姿蹂躏不列颠的话——

乱世想必会让死伤更加凄惨吧。再说这并非她所尊崇的王道，无论如何这都不可能是少女阿尔特利亚会选择的方法。

但是，这种可怕的霸王之道所造就的结局和那座卡姆兰山丘相比的话，究竟哪一边才算是真正的悲剧呢……

"——！"

此时 Saber 忽然感受到一股让人厌恶的寒气，把她的意识从内心的纠葛中拉回来。

这股寒气来自于 Archer 的视线。

黄金从灵从刚才开始任由 Rider 一个人逼问 Saber，自己怡然自得地享受杯中美酒，一边在旁看着。他那双艳红的双眸不知何时缠上 Saber，舔遍了她的全身。

Archer 不发一语，眼神中也看不出任何含意或是企图。但是他淫靡的凝视让人倍感屈辱，非常不舒服。那种生理上的厌恶感就像是有一条蛇在肌肤上爬行一样。

"……Archer，为什么这样看我？"

"不，没什么。只是觉得你苦恼的表情实在值得一看而已。"

Archer 笑着说道。这目中无人的英灵竟然会露出这么祥和优柔的笑容，但是也因此让人觉得恐怖而致命。

"你的表情就像是一个即将在床笫之间破身的纯洁圣女，着实深得我心。"

"你这家伙！"

Saber 实在难以容忍这种愚弄。这次她毫不犹豫地掷杯于地，拍响无形神剑的剑鞘。

但是下一秒钟，让另外两位从灵的神情为之一凛的原因却不是因为受到 Saber 怒气的挑动。

过没多久，爱莉斯菲尔与韦伯察觉周围的气氛有异。虽然看不见形体也听不见声音，但是浓厚的重重杀意让肌肤的温度下降好几度。

月光下的中庭浮现出白色的怪异物体。苍白的面孔仿佛绽放在黑暗中的花朵般一个接着一个出现，颜色就如同枯骨般冷硬。

那是骷髅面具，他们的身躯还裹着漆黑的长袍。奇装异服的黑衣集团接二连三聚集在一起，在中庭的五人早已被团团包围了。

Assassin……

知道 Assassin 还存活的不只有 Rider 与韦伯而已。Saber 与爱莉斯菲尔同样也听切嗣说过他在仓库街目击 Assassin 的事情。

这次圣杯战争的 Assassin 不只有第一天在远坂家被打倒的那一名，而是有许多 Assassin 参与。这件事实本身已经颇为怪异，但是眼前这人数还是只能以异常来形容。虽然所有人都戴着面具、身穿黑袍，但是每个人的体格却有多种不同的差异。有高大的巨汉、纤细的瘦子，有像小孩子一样身躯矮小的人，也有体态婀娜的女性。

"……这就是你打的如意算盘吗，金闪闪？"

Rider 不悦地问道。Archer 则是一脸什么都不知道的表情，耸肩说道：

"谁知道。本王可不会去管杂种心中在想什么。"

虽然嘴上随口应付，但是 Archer 心中却不禁对眼前局势的演变感到失落。

Assassin 如此大规模的动员，想必不会是言峰绮礼一个人专断的行动，也是他的老师远坂时臣所授意吧。

时臣一直以来都对英雄王采取极尽谦卑的臣下之礼，Archer

同样也认可他是自己的召主。但是对于时臣乏味的战略，他几乎已经彻底失望了。

设下这场酒宴的人确实是 Rider 没错，但却是由 Archer 提供饮酒。时臣究竟在想什么，竟然派遣刺客到这场筵席来。他究竟知不知道这种行为间接贬损了英雄王的品格。

"这……这简直太荒谬了！"

韦伯看到陆续出现的敌人身影而大受震撼，以几近于悲鸣的声音哀声叫道。就如他所说的一般，依照圣杯战争的规则来看，眼前的状况显然不合道理。

"这到底是怎么回事？为什么他们全都是 Assassin？还一个接着一个冒出来……不是有限制不论任何从灵，一种属性只有一个人吗？"

看见猎物狼狈不堪的模样，群聚在一起的 Assassin 一个一个发出低笑声。

"——正是。我们是以众成单的从灵，然而也是以单为众的暗影。"

就是这一点让韦伯与爱莉斯菲尔怎么样都想不透。言峰绮礼召唤来的 Assassin 的真面目就是这么特异的人物。

"山中老人"——历代传承这个称号的哈桑·萨巴哈当中，有一个人具有特殊的怪异能力。

与历代的哈桑不同，他完全没有对自己的肉体动手脚，也可以说没有那个必要。那是因为他的肉体虽然平凡无奇，但是他却可以依照状况自由改变控制肉体的精神。

有时候工于智计，有时候能懂异国语言，有时候专精于毒物，又有时候擅长制作陷阱的技巧。他是一个在任何状况下都能自由变换诸多才能知识，发挥能力完成任务的万能暗杀者。传说他有时候还会发挥出原本的肉体根本不可能具备的怪力与速度，或者使出已经被众人遗忘的失传武术。

巧妙的变装不问男女老幼，再加上精练的言行举止让人难以相信那只是一种演技，就连性格都会依照时间与场合而遽变，即使他最重要的心腹到最后也无法看出他的真实面貌。

但是没有人知道，在这具叫作哈桑的单一肉体中，他们这群人却各自拥有完全独立的灵魂。

当时的知识水准根本没有多重人格障碍（Multiple Personality Disorder）的观念，而这种在现代被定义为病症的精神状况对暗杀者哈桑·萨巴哈来说也是一种秘不外传的"能力"。他利用栖息在自己体内的同居人的各种知识与能力，使用各种手段蛊惑敌人、突破保护网，以任何人都意想不到的方法——猎杀目标。

在这回的第四次圣杯战争当中，回应言峰绮礼的呼唤而出现在这世界上的正是这位"百面哈桑"。

这个从灵虽然是单一个人，灵魂却分裂成无数个体。"他"或是"他们"基本上属于灵体，不受到生前肉体的枷锁束缚，视状况需要分裂出来的人格可以各自具有身体而实体化。

因为灵力的总量当然还是只有"一人份"，所以在分裂行动的时候，每一个个体的能力值会低到根本无法与其他英灵比较。但是他们所有人都受惠于"Assassin"的固有技能，以能够个别行动这一点来看，单就谍报行动而言他们可说是天下无敌的集团。

"难道……我们一直受到这些家伙监视吗？"

爱莉斯菲尔气愤地喃喃说道。即便是Saber，面对眼前状况也不禁感到一阵寒意。敌人虽然弱小，但却是无声无息靠近的杀手，而且人数还多到无法完全掌握，就算她的战斗力号称是七位从灵当中最强，他们仍是难以应付的威胁。

而且他们在一般状况之下应该只会潜伏在暗处，现在却像这样舍弃气息遮蔽的能力，大胆地出现在众人面前，这件事代表的意思是——

"他们想要一决胜负！"

完全出乎意料的窘境让 Saber 咬牙切齿。

他们就算人数再多，终究只是一群乌合之众。如果正面对抗的话，Saber 万不可能落败。但这是指只有 Saber 一个人单身对抗他们的时候……

原本想要就近保护而让爱莉斯菲尔陪在自己身边，现在反倒成了致命要害。就算 Assassin 不堪一击，但这是以从灵的标准来看。对一般人来说，他们依旧相当危险。虽然爱莉斯菲尔身为艾因兹柏恩的人造生命体，能够使用高超的魔术，但光是这样无法对抗从灵。面对 Assassin 的攻击，她不可能只凭一己之力保护自己。

然而一边保护身后无法自卫的同伴一边作战的时候，"双方人数的差距"又是极为重要的限制因素。

Saber 单单一剑一击究竟能够挡下多少一拥而上的 Assassin？不对，就算挡住他们当中再多人都没有意义，只要有一只漏网之鱼，那个人就有可能对爱莉斯菲尔造成致命的伤害。

也就是说，如果要问"能否阻止"的话，完全端看是否可以"一击阻挡他们全部的人"。然而现在包围他们的 Assassin 人数实在多得让人感到绝望。

但是站在 Assassin 的角度来看，这个战法也可以说是他们最后的手段。

即便能够采取人海战术，但是他们毕竟是从有限的本体当中分裂出来的。以牺牲大多数人为前提，靠少数存活者获胜的方式说起来就与自杀无异，如果不是最终决战的话根本不可能使用这种不要命的打法。

Assassin 本身也是希望获得圣杯而回应召唤的从灵，当然无法接受自己成为让时臣与 Archer 获胜的弃子——但同时他也无法违抗令咒。

为了今天晚上的袭击，言峰绮礼消耗一道令咒命令他们"不计牺牲获得胜利"。对从灵来说，令咒的强权是绝对的。这么一来 Assassin 也只能豁出去，完成命令以达成自己的目的。

被吹捧为最强从灵的 Saber 大吃一惊的模样固然让人感到愉快，但是实际上对 Assassin 来说，艾因兹柏恩的人马并不是他的目标。今天晚上他的目标是 Rider 的召主，虽然 Rider 的宝具强悍无匹，但是它的破坏力具有方向性。Assassin 的攻击从四面八方同时攻来，一定会击中那个已经吓破了胆的矮小召主。

没错，现在这个状况对征服王伊斯坎达尔来说，应该是九死无一生的绝境才对。

但是——为什么那名巨汉从灵到现在还是一派轻松地举杯喝酒？

"……Ri……Rider，喂……"

就算韦伯不安地出声叫唤，Rider 依旧不动如山，环视周围 Assassin 的眼神仍然泰然自若。

"喂喂，小子，不要这样慌慌张张的。招待宴会宾客的宽容大度也是在考验王者器量。"

"你觉得他们那样子像是来参加酒宴的客人吗？"

Rider 苦笑，对慌乱的韦伯叹了口气之后，以温吞的和善表情向团团包围四周的 Assassin 叫道：

"各位，可不可以收敛一下，不要再随便乱放那种危险的鬼气？你们也看见了，朕的同伴觉得很害怕啊。"

Rider 的话让 Saber 怀疑自己的耳朵有没有听错，就连 Archer 都皱起眉头来。

"你也要邀请那一票人参加酒宴吗？征服王。"

"那当然，王者所说的话是讲给万民听的。如果有人特地来倾听的话，那就无分敌我。"

Rider 镇定地说完，用柄勺从酒桶中舀起酒，仿佛要递给 Assassin 般高高举起。

"来吧，别客气。想要一起讨论的人就到这里来拿起杯子吧，这勺酒与你们的鲜血同在。"

咻地一声。回答 Rider 邀约的是一道破空声响。

柄勺在 Rider 的手中只剩下木柄，勺头的部分被切断，掉落在地上。这是 Assassin 的其中一人所射出的匕首打断的。勺中盛装的酒就这样洒在中庭的石板上。

"……"

Rider 看着泼洒在地上的酒水，不发一语。骷髅面具仿佛在嘲笑他似的，发出嗤嗤低笑声。

"你们应该已经听到朕说什么了。"

Rider 的语气平静得让人感到意外，但是只有刚才与他共饮畅谈的几个人才发觉有什么事物彻底产生了变化。

"朕应该已经说过，'这勺酒'就是'你们的血'——这样啊，如果你们就是想血溅大地的话，那也无妨……"

这时候，有一阵旋风吹来

这是一阵灼热干燥的火烫旋风。在夜晚的森林中，而且还是城墙围绕的中庭里绝对不可能吹起这种风——这种仿佛席卷焦热沙漠，在耳边轰轰作响的风。

韦伯感觉舌头上有细微刺人的沙砾，赶紧吐了几口口水。这是沙尘，这阵怪风吹送而来的是不可能存在于此地的热砂。

"Saber，还有 Archer。这是这场酒宴最后一个问题——王者究竟是否超脱俗世？"

Rider 站在回旋的热风中心，开口问道。鲜红色斗篷在他的肩上鼓动翻飞，不知何时征服王的装扮已经变为从灵原本的战袍姿态。

Archer 嘴角扭曲，冷笑一声。无言地答道：这种事根本连问都不用问。

Saber 同样也没有踌躇。如果相信自己的王道，过去她以国王身分所度过的岁月正是她最真实的答案。

"如果身为王者……必定是超脱于俗世之上的。"

听见两人的回答，Rider 纵声大笑。回旋的热风仿佛呼应他的笑声般，更增势道。

"不行哪！你们根本一点都不明白！此时此地，朕还是应该让你们见识见识真正的王者之姿！！"

这股来自非常理之理的热风终于开始颠覆、侵蚀现实。

在这片不可能存在于暗夜森林的异象之中，距离与位置失去了意义，逐渐转变为带着热砂的干燥狂风肆虐的环境。

"怎……怎么可能……！"

惊愕的声音是来自于韦伯与爱莉斯菲尔这些明白何谓魔术的人口中。

"这是——固有结界？"

炎热的太阳烧灼大地，视野辽阔无比，遥遥直至狂暴沙尘所掩盖的地平线那一头，万里无云的苍穹彼方。

夜晚的艾因兹柏恩城一瞬间转变而成异象显然是一种侵蚀现实的幻影，正是那项与奇迹并称的极限魔术。

"怎么可能有这种事……竟然让心象世界具现化……你明明不是魔术师啊。"

"当然不是，这件事不是朕一个人就能办到的。"

昂然挺立在辽阔广大的结界当中，伊斯坎达尔的脸上充满骄傲的笑容，否定韦伯的疑问。

"这是过去朕的军队曾经奔驰过的大地，是和朕甘苦与共的勇者们一同深深烙印在心中的景象。"

随着世界发生异变，甚至连被卷入其中的人们的相对位置都改变了。

原本人多势众包围众人的 Assassin 变成一群，被赶到荒野的彼端。Saber、Archer 与两名魔术师则是被转移到另一边退避，由 Rider 挡在两者中间。也就是说 Rider 一个人单独面对成群结队的 Assassin。

不对，Rider 现在真的是孤身一人吗？

所有的人都睁大眼睛，凝视着在 Rider 周围出现有如海市蜃楼般的影子。影子不只有一道而已，两道、四道……朦胧的骑马身影一边以倍数增加，一边列出阵形。那些身影逐渐呈现出色彩与立体感。

"这个世界、这片景观之所以能够具体成形，是因为这是我们全体的心象。"

就在众人惊讶的眼神注视下，骑兵们一一在伊斯坎达尔的身边化为实体。人种与装备虽各自不同，但是他们的体魄健壮，晶亮的铠甲装饰英气非凡，就像是彼此竞逐风采般，华丽而精悍。

只有韦伯一人能够理解这些超常异象的真实面目。

"这些人⋯⋯一个一个全都是从灵⋯⋯"

只有完成正式契约的召主才有资格拥有的透视力能够看穿并且评判从灵的灵格。因为韦伯是在场唯一拥有这项能力的人，所以只有他知道自己的从灵英灵伊斯坎达尔手中的王牌，这项惊人最终宝具的真实面貌。

"看哪，这是朕天下无双的军队！"

此时征服王振起双臂，以无比骄傲的口气高声夸耀这成群结队的骑兵队伍。

"这是一群肉体已亡，其魂魄被世界召为'英灵'之后仍然效忠于朕的传说勇者。他们是呼应朕的召唤超越时空而来，朕永远的同袍。与他们之间的羁绊就是朕的至宝！朕的王道！此乃朕伊斯坎达尔最引以为傲的宝具——'王之军势'（*Ionian Hetairoi*）!!"

EX 等级的抗军宝具，连续召唤众多独立的从灵个体。

有军神、有大君（Maharaja），还有后世历代王朝的开国君主。在此聚集了多少英雄，就有多少传说，每一位都是崇高无上的英灵。

而他们所有人除了自身威名的因缘之外，也对彼此共同的出身引以为傲——大家都是过去曾与亚历山大大帝共同驰骋于沙场上的勇者。

一匹唯一没有人骑乘的马走到 Rider 身边，那是一匹特别健壮勇猛，足以称之为巨兽的骏马。虽然并非人身，但是它的剽悍威风并不下于其他英灵们。

"久违了，伙伴。"

Rider 面露如孩童般天真的笑容，用双手紧紧拥抱巨马的脖子。"她"就是后来倍受尊崇而神格化的传说名驹比塞弗勒斯（Bucephalus）。在征服王的阵营中，就连马匹都已经升格为英灵。

每个人都惊讶得说不出来。面对这群军容壮盛的军队，就连同样拥有 EX 级超强宝具的 Archer 都收起冷笑讥嘲。

他们是一群把一切寄托在王者的梦想，曾经跟随王者纵横大地的英雄豪杰。

征服王将众人死后仍然不灭的赤诚丹心化为实体，转变成异常强悍的宝具。

Saber 的全身发颤。她并不是对 Rider 的宝具威力感到畏惧，而是因为这项宝具本身就已经撼动她身为骑士王的荣誉之根本。

毫无杂念且全心全意的拥护——

与臣子之间那股深厚无比，甚至达到宝具境界的感情羁绊——

作为一名理想的王者，骑士王一生当中到最后都得不到的宝物——

"所谓的王者——就是指比任何人活得更加快意，让众人为之崇敬的模样！"

Rider 跨上比塞弗勒斯，朗声大喝。成群排列的骑马英灵呼应他所说的话，一齐敲响盾牌，同声欢呼。

"结合所有勇士们的憧憬，昂然而立以为表率者乃为王。因此——"

满怀压倒性的自信与骄傲，征服王从高处睥睨 Saber 与 Archer。

"王者并非远离俗世。这是因为王者的龙图霸业乃所有臣民的意志所向之故！"

"正是！正是！正是！"

英灵们的齐声呐喊震撼大地，直冲九霄。就算再强悍的军队、再厚实的城墙都敌不过征服王的战友们，他们激昂的战意足以劈天裂地。

更遑论黑暗中的杀手集团只等同于一团云雾吧。

"好了，咱们开打吧，Assassin。"

Rider 这么说道，对黑影群报以微笑，眼神无比狰狞而残酷。对于打断王者之言，回绝王者敬酒的无礼之徒，想必他完全不打算给予一点同情吧。

"你们也看见了，朕所具象化的战场是一片平原。很不巧的，人多势众的我方可占有地利之便喔。"

此时哈桑的百面早已将圣杯的事情抛到九霄云外。他已经忘了胜利，忘了令咒给予的使命，迷失了身为从灵的自我。

有人明知无幸，仍然尝试逃跑；有人自暴自弃，大声嘶喊；也有人束手无策，呆立不动——方寸已乱的骷髅面具早已沦为一盘散沙。

"给朕狠狠地践踏他们！！！"

Rider 的号令响遍四周，既无情又果断。然后——

"AAAALaLaLaLaLaLaie！！！"

震耳欲聋的冲杀声随之响起。过去曾经横扫东西亚细亚的无敌军团的咆哮再次响动战场。

这根本不是战斗，连一场扫荡战都不如。

甚至比用捣臼捣碎罂粟籽还更轻松。

等到荣耀的"王之军势"队伍奔驰而过之后，之前那个名叫Assassin的从灵曾经存在过的痕迹早已灰飞烟灭，只留下一阵含着血腥味的飞扬尘砂，虚虚恍恍、朦朦胧胧。

"喔喔喔喔喔喔喔喔喔喔！！！"

胜利的呐喊声响起。完成使命的英灵们将光荣的胜利献给王者，赞颂王者的威名，再次回归为灵体，消失在时空的彼方。

随着英灵消失，依靠他们的魔力维持的固有结界也跟着解除。所有景色仿佛就像是一场梦幻泡影一般，再度恢复为黑夜森林中艾因兹柏恩城的中庭。

皎洁的月光下寂静如旧，一点都没有被打乱。三位从灵与两名魔术师还是坐在原本的位置，手中再度拿着酒杯。但是现场独独不见Assassin的踪影，唯一的残迹只有被匕首切断的柄勺而已。

"真是令人扫兴的收场。"

Rider若无其事地喃喃自语说道，一口气把杯中的残酒喝干。Saber无话可应，只有Archer满心不悦地冷哼一声。

"原来如此。虽然尽是一群杂种，但是有能力统领这么多人就让你洋洋得意，自以为是王者了吗——Rider，你这个人果然碍眼。"

"随你怎么说吧，反正总有一天朕会亲自和你一决胜负。"

Rider 笑着轻松以对，站起身子。

"我们彼此已经把想说的话都说完了吧？今天晚上就到此为止啦。"

可是被 Rider 任意贬抑之后还没有反驳的 Saber 当然不会就此罢休。

"等等，Rider。我还没有——"

"你不要说话。"

Rider 以冷淡又强硬的口气阻止 Saber 继续说下去。

"今天晚上是王者彼此谈论的酒宴。但是 Saber，朕不认同你是一国之王。"

"你还要继续愚弄我吗？Rider！"

纵使 Saber 气急败坏地说道，Rider 反而只是以怜悯的眼神看着她。他没有回话，只是拔出塞普路特之剑朝空中虚砍一剑。神牛战车伴随着一声震天雷鸣出现，虽然比不上"王之军势"的壮阔，战车的威容在近距离看来还是让每个人都目为之夺。

"来吧，小子。咱们回去了。"

"……"

"喂，小子？"

"咦？啊、嗯……"

自从韦伯看着 Assassin 被一扫而尽之后，一直都是这样心不在焉的表情，显然有问题。不过亲眼看到规模如此异常的宝具，也难怪他会有这种反应。而且他现在才知道那就是与自己缔结契约的从灵的真正实力。

等韦伯踩着摇摇晃晃的虚浮步伐踏上战车后，Rider 最后再看了 Saber 一眼，用一种带着真挚感情的口吻对她说道：

"小姑娘，劝你还是早点醒一醒，不要再做那种悲惨的梦了。要不然总有一天你会连作为一名英雄最根本的骄傲都失去——你口中所说那名为'王者'的梦想就是这样的诅咒。"

"不，我是——"

直奔天际的雷神战车终究还是没有理会 Saber 的反驳，只留下阵阵闷雷声，消失在东方的天际。

"……"

Rider 到最后仍然坚持拒绝回答，Saber 如果觉得受辱的话也算是很正常的反应吧。但是现在深深揪住她胸口的却是一种难以言喻的"焦虑"思绪。

一个没有正义、没有理想，只为了自我私欲而肆逞淫威的暴君却是一位以永恒不灭的羁绊与部下牵系在一起的王者。

他的生命之道与骑士王实在天差地远，双方的真理根本无法兼容。

但是 Saber 却无法把伊斯坎达尔所说的字字句句一笑置之，从心中抹去。在她心中还残留着难以排遣的愁思，无论如何她都要辩倒 Rider，让他收回前言，不然绝不甘心。

"不要管他说什么，Saber。你只要走你自己相信的道路就好。"

一旁插嘴说话的人竟然是之前还在嘲笑她的 Archer。难以捉摸真实心意的激励反而让 Saber 的表情更加难看。

"你刚才还拿我当笑柄，现在反而对我谄媚起来了吗，Archer？"

"那当然，你所主张的王者之道完全没有错。因为太过正当，对你那纤细的身躯来说一定很沉重吧。你心中的苦恼与纠葛……

呵呵呵，就玩物来说实在不错。"

Archer 傲慢地说完之后，再度露出那恐怖的笑容凝视着 Saber。

他的相貌俊美，说话声音清脆而深邃。但是他的表情与语气却是极度邪恶与淫靡。

只要在这位黄金从灵面前，Saber 心中绝不会有一丝一毫的犹豫。不像 Rider，他们两人之间连谈论的余地都没有。Saber 下意识地明白，面对眼前的这名敌人她绝对不可能有任何妥协。

"本王很欣赏你背负着超乎自身器量所能承受的'王道'，痛苦挣扎的滑稽模样。Saber，再努力取悦本王吧，本王或许可以将圣杯赏给你作为犒赏喔。"

说完，Archer 手中的玉杯顿时粉碎。

"Rider 离开，酒宴已经结束了——Archer，速速离去，不然就拔剑吧。"

虽然肉眼看不见，但光是一挥剑的风压就足以道尽 Saber 手中神剑的致命威力。手中酒杯被打碎的 Archer 之所以面不改色，若不是因为他胆识过人，就是他愚不可及。

"真是的，你可知道有几个国家为了争夺你刚才打碎的酒杯而覆灭？也罢，本王就不惩罚你了。为了小丑的无礼径行而发怒有损王者威名哪。"

"随你去说，我只警告一次——下次我就会杀了你。"

Archer 似乎对 Saber 冷酷的恫吓毫不以为意，笑着站起身来。

"骑士王小妮子，你就好好努力吧。说不定你将来还会更得本王的宠爱呢。"

最后丢下这么一句话，Archer 化为灵体消失。失去黄金色光芒映照的中庭只留下大梦初醒般的空虚与寂寥气氛。

一场战争就这样画下了句点。

虽然形式有些奇特，但这确实是一场决斗。对他们这群英灵来说，贯彻王者意志具有足以赌上自己性命的价值。

爱莉斯菲尔看着所有敌人离去后 Saber 默默伫立的模样，觉得有一种熟悉的感觉……没错，那孤单的身影就与前天仓库街的大乱斗结束之后一样。

但是今天在 Saber 的脸上看不到击退敌人之后畅快淋漓的成就感，她那若有所思的沉郁表情更让爱莉斯菲尔的心中感到不安。

"Saber……"

"当我最后叫住 Rider 的时候，如果他停下脚步回过头的话，我到底打算如何反驳呢？"

这个问题并不是对任何人发问。Saber 回头对爱莉斯菲尔露出的苦笑表情说不定是一种自嘲。

"我想起来了——从前曾经有个骑士留下'亚瑟王不了解人心'这句话之后，离开卡美洛城。"

"……"

"说不定……那句话说不定是每一位坐在圆桌边的骑士心里都想说的话。"

爱莉斯菲尔摇摇头，否定 Saber 的软弱。

"Saber，你是一位非常理想的国王。你的宝具证明了这一点。"

就像 Rider 有"王之军势"一样，Saber 也拥有"应许胜利之剑"。如果征服王的宝具表现出身为统帅者的领导资质，骑士王的宝具则是她至圣王道的体现，任谁都不能否定那份荣誉与光辉。

"过去我的确一直警惕自己要成为一位理想的国王，为了避免犯错而压抑私情，从来不曾说出内心真正的想法。"

这意味着她为了完成王者的责任而舍弃身为一介凡人的自己。

这种生存理念与征服王那种比任何人活得更像个"人"的王道完全背道而驰。

"作为一名王者，只要我的军令百战百胜、我的言行刚正不阿就已经足够了。所以我从不要求他人了解自己。就算我远离人群而孤独，这也是真正的王者之姿。可是——我不确定自己能不能像 Rider 那样，抬头挺胸以这份心意为荣。"

爱莉斯菲尔也明白是什么原因让 Saber 在这件事情上感到犹豫。

亚瑟王传说最终以亲友与部属众叛亲离的悲剧落幕。伊斯坎达尔以"王者与臣民之间的感情羁绊"为傲，骑士王就是因为无法与部属之间建立起这份深厚的情谊才会丧失她的光荣。

"Saber，就算命运无法回避，也不代表命运是必然的。"

思考了一会儿之后，爱莉斯菲尔开口劝道。

"你的意思是?"

"未来并不只是光靠'世理'来指引方向，其中包含运势还有偶然。所有不合理的东西不断累积，到最后决定命运的面貌。因为你是骑士王，所以最后一定会灭亡。这种道理根本说不通，所以你才有追求圣杯的意义啊。"

"……说的也是，你说的对。"

从前御用魔术师曾经这么说过：拔出选王之剑，在路途的尽头就只有无可避免的破灭命运。

即使如此，她还是没有停下脚步，走完了这条路。

心里虽然已经有所觉悟，但从未放弃。即便她无法相信希望，但还是能够相信自己的心愿一定是正当的。

正因为如此，当她见到预言成真的时候，更无法坦然接受一切。

她不禁开始祈祷，心中忍不住产生祈愿。

这一切说不定是一个错误。

自己所坚信不疑的道路说不定还有其他更美好的未来……

就是这样一个念头让她成为英灵，指引她来到冬木圣杯的所在之处。

"谢谢你，爱莉斯菲尔。我差点就要迷失重要的事物了。"

Saber 颔首，眼神中已经恢复原本的澄净无瑕与沉稳的自信。

"身为王者，我一生的功过是非不应该从过去中追寻，而是应该要问圣杯。所以我现在才会在这里。"

"没错，就是这股气魄。"

爱莉斯菲尔松了一口气。自责的忧愁表情不适合这位气度高洁、英气凛然的骑士之王。心中永远怀抱着坚定的理念，勇往直前的模样才适合她，也因此光明之剑才会应许她常胜不败。

深山町远坂家的地下工房悄然无声，弥漫着沉重的气氛。

"Rider 的……宝具评价如何……"

时臣向着通信器另一端的绮礼问道。语气中百般无奈，似乎很不情愿。

"与吉尔伽美什的'王之财宝'同等级……也就是超出可评价的范围。"

除了叹息之外，双方都已经无话可说。

这个结果正是他们所期望的。虽然牺牲了 Assassin，但是能够事前得到 Rider 秘藏绝技的情报，这点牺牲已经非常值得。如果没有任何事先情报，不幸就这样直接对上 Rider 的话，时臣一定没有办法应付那件超级宝具吧。

但是有一件事情超乎他的预料，就是那件宝具的等级——即便先一步掌握情报，也不见得有办法能够应付那件宝具。

时臣一直满心以为自己的从灵 Archer 的宝具才是出类拔萃、无可匹敌的最强武器。然而居然有其他从灵拥有足以与"王之财宝"分庭抗礼的宝具，这完全出乎他的意料之外。

平常鲜少体验过的"后悔"念头正一点一点勒逼时臣的思考。

这时候把 Assassin 当作弃子扔掉说不定是一件致命的错误。面对 Rider 这种危险的从灵，与其冒险正面冲突，倒不如使用间谍谋略慢慢把他逼入死路更有效率吧。比方说引诱 Rider 的召主使他不得不与从灵分开行动，然后加以暗杀等等……

"……愚蠢。"

时臣摇摇头，告诫自己不可以乱了方寸。远坂家之主不该想要玩弄这种缺乏从容大度与优雅气质的伎俩。

再说事情还没有那么绝望，还有很多有利的因素，好比说与英灵伊斯坎达尔结下契约的是一个三流魔术师。如果伊斯坎达尔依照原本的计划由艾梅罗伊爵士召唤出来的话，情况肯定会更加严重。因为从灵的能力值会与缔结契约的魔术师力量成正比增减，肯尼斯与自己徒弟之间发生争执，结果却意外为时臣带来有利的机会。第四次圣杯战争的运势果然还是站在时臣这一边的。

从现在开始终于要正式进入高潮了。时臣拿起靠在椅子旁的橡木制手杖轻轻抚摸，心中怀抱冷静的决心。手杖的握把处镶有一颗很大的红宝石，里面封存着时臣花费一生的时间经年累月炼制出来的魔力。这支手杖就是魔术师远坂时臣的礼装。

"绮礼，现在既然已经舍弃了 Assassin，我们也就不用再隐藏你的力量了。"

"是，我明白。"

从魔导通信机的另一头传来言峰绮礼低沉而平淡的回应。他身为魔术师的弟子，同时也是一流的代行者，就算失去从灵后仍然还是强悍可靠的战力。现在已经不需要为了运用 Assassin 而演戏伪装，也就不用再隐匿他的能力。

按照原定的计划，从现在起是第二阶段。他要根据 Assassin 收集来的情报，出动吉尔伽美什将敌人一一铲除。在这段时间之内自然会找到对付 Rider 的方法吧。

走出这间工房，踏上那名为冬木的战场的时刻终于到来了。

时臣感觉自己的魔术刻印因为深沉的斗志而蠢蠢欲动，从椅子上长身而起。